O MISTÉRIO DE JAMEL – O PALHAÇO CRUEL

Os episódios que marcam nossa infância não é necessariamente algo vistoso como lustre, imponente como uma árvore frutuosa no centro de um jardim ou pomar de frutas diversas. Não é necessariamente a mãe carinhosa (ou não), mas de qualquer maneira o alicerce familiar que sustenta boa parte da formação moral e os valões cristãos das famílias brasileiras. Também não há que se culpar o pai ausente ou o pai herói, que passa os dias na labuta para garantir o alimento na mesa de seus filhos. A história que narro passa no ambiente rural em meados de 1980 quando a tecnologia e os atrativos das cidades exerciam muito pouca sedução para a gente simples que vivia nos confinamentos das fazendas. Eu, Leonardo Genivaldo dos Santos cresci em uma fazenda com meu pai, minha mãe e meus dois irmãos. Vinícius e Eduardo. Tínhamos um cachorro chamado Tupi que estavam com meus pais dois anos antes de eu nascer, sendo que eu sou o mais velho dos irmãos. E por ser o primogênito é que acredito caber a mim contar essa história: a história de Jamel.

Jamel é o nome de uma cachaça popular, e muito consumida nos anos oitenta. A preferida do meu pai, que depois do trabalho a apreciava em grandes goles antes de ligar seu rádio em último volume para ouvir suas modas de viola. Era tudo muito característico, tipo um ritual familiar onde a família era um de um homem só, minha mãe se reunia no quarto com nós meninos e pedia que fechássemos os olhos e pedisse a Deus que o sono viesse depressa. Mas não importava de fato se o sono vinha u não, pois a questão principal era ficar quietos sem dar um pio. não importasse o som que viria da sala ou da cozinha, era proibido levantar da cama. Infelizmente o calor infernal que fazia naquelas redondezas tornava impossível o sono fácil e para piorar havia o fantasma que ficava me olhando todas as noites da janela do meu quarto. Obviamente hoje sei que aquilo era fruto da minha imaginação infantil assustada, mas naquela época o fantasma era uma presença constante. As vezes tinha a forma de uma gigantesca coruja, outras vezes de um irônico palhaço. Ambos me assustavam muito.

Os sons eram de brigas, paneladas, gritos, espancamentos e muitas vezes temia levantar da cama e encontrar minha mãe morta. E foram tantas as vezes que sem resistir aos meus ímpetos de curiosidade e medo levantei silenciosamente e caminhando sorrateiramente pelo escuro da casa encontrava minha mãe caída em rodas de sangue no chão. Ela me xingava baixinho e pedia para que eu voltasse para a cama, onde de tanto chorar acaba dormindo. Uma madrugada levantei com forte desejo de urinar e vi, em direção ao banheiro, que a luz da cozinha estava acesa, mas meu pai estava dormindo, roncando alto em outro quarto. Ao me aproximar vi minha mãe fazendo uma faxina em duas das paredes. Com um balde, esponja, água e sabão, ela lavava uma tinta vermelha da parede branca. Quando me aproximei dela vi um corte que vinha da sua testa, contornava seu olho e terminava quase próximo a sua bochecha. Enquanto ela limpava as paredes, amarrou uma toalha ao rosto para conter o sangue que não sessava de escorrer. Foi quando notei que não era tinta que ela lavava, mas era seu próprio sangue, que arrancado sabe-se como pelo meu pai, manchou boa parte de uma parede e respingou em outra.

Os meus irmãos menores dormiam, meu pai estava capotado de bêbado e minha mãe se concentrava na limpeza em uma dor muda. Dando pela minha presença nem se atreveu a dizer palavra. Limitou-se a deixar-me observá-la, sem censurar, envergonhar-se ou esconder-se. Era a vida como era naquela fazenda isolada a quilômetros e quilômetros de qualquer cidade. Nem fazendo, sítio ou chácara vizinha se tinha por ali. Em volta era tudo canavial de cana-de-açúcar e muita escuridão. A estrada mais próxima para um ponto de ônibus ficava a duas horas de caminhada. No meio da noite, fugir era uma opção arriscada, até mesmo porque não havia onde se esconder além dos infinitos canaviais. E o que se escondia nos canaviais no escuro que podiam ser piores que meu pai? Oras, cobras mortíferas! Muitas e muitas cobras cercavam aquela fazenda e era preciso usar botas de canos altos constantemente, até mesmo para brincar. E era preciso checar todos os espaços com uma vareta longa antes de meter a mão ou tentar retirar algum objeto da oficina ou produto do celeiro. Na fazenda tínhamos muitos cachorros que acidentalmente incontáveis vezes morreram picados por serpentes poupando assim nossas próprias vidas.

Fantasmas de corujas e de palhaços, serpentes, sapos do tamanho de um cão, morcegos e pernilongos faziam parte dos meus terrores noturnos. Eu também tinha medo de lobisomem e isso garantia que eu ficasse no quarto deitada imóvel enquanto minha mãe era violentada de formas inimagináveis. Durante o dia, meus irmãos menores, meu cachorro Tupi, minha gatinha Buchinha e toda a variedade de vacas, porcos e galinhas tomavam meu tempo e atenção. Até consigo ter lembranças poéticas como quando algumas tardes ficavam um misto de alaranjada com cor de rosa. Ou quando as máquinas tombavam montanhas de terra e as deixam enfileiras e fofas. Eram tão cheirosas! Logo seriam aplanadas e se tornariam solos férteis para a plantação da cana, mas enquanto isso eu adorava correr a toda velocidade e escala-las, sentindo os pés afundando-se na terra fofa e subir aquele cheirinho nostálgico e inigualável de terra úmida, que faz os vermes das entranhas infantis se revolverem. A boca salivava em desejo de comê-la e ao primeiro descuido de minha mãe eu enchia a boca com a terra vermelha, ferrosa e tão, tão saborosa.

Quem não presenciava o anoitecer podia jurar que ali vivia uma família simples e feliz, mas o problema era o que meu pai trazia nas mãos ao voltar da cozinha depois do jantar. A maldita garrafa de Jamel! E gole depois de gole ele ia se transformando um monstro, violento, ciumento, agressivo, e era hora de ir para cama. Antes mesmo que desse tempo de nós meninos estarmos acomodados, ele se jogava sobre minha mãe e começa arrancar suas roupas rasgando-as. Gritava para que entrássemos, mas logo ele também tirava suas calças e deitava sobre ela. Naquele tempo eu tinha apenas cinco anos e não fazia ideia do que era aquilo. Levou muitos anos para eu saber o que era estupro. E foi depois de uma sessão de estupro e espancamentos que minha mãe pegou a mim e a meus irmãos no meio da noite e depois de muita caminhada, nos escondemos no meio do canavial. Ali dormimos todos, porém no dia seguinte, logo ao primeiro despontar do sol, nem todos conseguimos acordar. Eduardo, o filho mais moço que na época tinha apenas dois anos e poucos meses estava morto. Em uma de suas pernas estava a marca de picada de cobra que minha mãe supôs ser de cobra coral, uma espécie extremamente comum na região e potencialmente venenosa.

Voltamos os quatro para casa, minha mãe com Eduardo nos braços caminhando, mas com olhar catatônico. Vinícius e eu não dávamos um pio. Encontramos meu pai na porteira à entrada da fazenda fazendo guarda com a espingarda não mão. Mirou um tiro em cada um de nós, dos quais não nos movemos. Nossos corpos caminhavam, mas estávamos mortos e um tiro não poderia nos deter. Foi quando nos aproximamos que meu pai pode constatar que Eduardo não vinha dormindo nos braços de minha mãe, mas sim morto. Ele largou a espingarda, tomou o menino nos braços e ajeitando-o em um deles, acertou com o punho livre um forte soco no maxilar de minha mãe que a derrubou no chão. A pobre mulher ficou de cama por vários dias, quebrada fisicamente e emocionalmente. Meu pai juntou a mim e Vinicius e enterramos Eduardo no cemitério de cachorros, que ficava um pouco além dos pastos dos cavalos. Nunca mais mencionamos o nome dele. Minha mãe se recuperou e retomou a rotina de lavar, cozinhar, cuidar dos filhos e mais alguns afazeres da fazenda. Já estava em tempos de eu entrar na escola então novas providencias deveriam ser tomadas.

O primeiro ano do ensino primário foi uma verdadeira aventura para mim que pouco pensava no irmão morto ainda bebê. Sentia um orgulho imenso em ser o primeiro da família a aprender a ler e gostava de mostrar minhas proezas letradas aos meus pais que marejavam os olhos de orgulho. Naquela época eu imaginava que quando completasse a quarta série do ensino primário eu já seria um homem. Que teria um emprego, casa própria e que poderia viver com minha mãe e Vinícius bem longe dos olhos do meu pai. Claro, que não demorou muito para eu constatar que aquilo era apenas mera fantasia. Na quarta série eu ainda mijava na cama e pedia beijinhos de boa noite para minha antes de dormir. Mas a boa notícia é que mesmo lentamente, meu irmão e eu crescíamos. Minha mãe amadurecia e começa a reivindicar seu direito à felicidade. Sua vida de moça de 26 anos não merecia um fim drástico e prematuro e felizmente ela se deu conta disso antes de houvesse uma catástrofe. Mas cada coisa a seu tempo. Antes de um ato revolucionário, meu pai foi convocado a trabalhar em outra fazenda da mesma firma que trabalhava no atual momento.

Era para ser fiscal de uma fazenda maior. Havia cinco casas enfileiradas e cada uma delas habitavam uma família. Para mim era um lugar bem mais feliz porque nessas famílias haviam outras crianças e meu irmão e eu pudemos desenvolver interações sociais com mais facilidade. A minha vida na escola era solitária, eu não sabia me entrosar com as outras crianças tinham medo das correrias, das brincadeiras e havia em mim uma lentidão para compreender as explicações dos jogos. Com os animais era tudo fácil e natural, mas com outros seres humanos minha convivência era dolorida. Em várias situações onde era preciso que eu lutasse por algo, simplesmente paralisava e não sabia como agir. Acreditava que as coisas deveriam vir até a mim pela simples manifestação do meu desejo. Foi assim quando senti o intenso desejo em ler o um primeiro livro. O título era *O elefante.*

Por se tratar de uma escola rural, a professora e nossa turma selecionava livros aleatórios para crianças das nossas idades e, na sala de aula, dispunha os títulos para que pudéssemos escolher livremente. Meus olhos se encantaram naquele pequeno livro de capa dura com um desenho de animal jamais visto por mim, totalmente mistérios. Por favor, entendam: eu era um garoto da fazenda e conhecia todos os animais desse espaço rural: vacas, cachorros, cavalos, porcos, galinhas, galos, bezerros, pintinhos, tatus, gatos, bode, sapos, mas um elefante? Meu Deus, o que era um elefante? Eu estava simplesmente maravilhado com a hipótese de ter acesso a uma informação tão exclusiva, de um mundo para mim totalmente desconhecido. O que significa ser um elefante? O que são? Onde vivem? O que comem? Eu precisava daquele livro desesperadamente.

Claro que um garoto com espírito de porco viu em meus olhos a expressão do desejo e correu na minha frente e tomou posse do livro. Tive que esperar uma semana inteira até que chegasse o dia de fazer o rodízio e eu ter minha chance de receber o livro desejado. E com que delícia desfrutei do livro sobre um elefante, que tinha amigos zebras, hipopótamos, leões, tigres... era um mundo cheio de possibilidades que até então eu não imaginava possível. E nova ideias foram surgindo na minha cabeça, mas gosto eu tomava pelos estudos e um belo dia chegou à data da mudança. Íamos nossa família de quatro viver na Fazenda Santa Rosa. Nesse novo lugar conheci novas crianças: a Regina e a Susana tinham as mesmas idades que o Vinícius e eu, mas por serem meninas, não podiam brincar conosco. Precisavam passar os dias limpando, lavando, cozinhando. Eram irmãs de mais cinco meninos e esses sim passavam o dia na vadiagem. Brincavam, caçavam, corriam e atiravam com estilingues. Me dei muito bem com todos eles, menos com as brincadeiras de estilingue. Teve uma ocasião em que o Renato, um dos meninos da fazenda, atirou com seu estilingue em uma coruja. Na roça acreditasse que esse pássaro traz mau-agouro e que quando pia alguém do local irá morrer. Nunca acreditei nisso por quê mesmo criança já tinha cansado de ouvir o piar de corujas e nunca ninguém tinha morrido. Pelo menos não por culpa da coruja.

Voltando aos fatos, Renato atirou na coruja que caiu morta no chão. ao chegar perto vi que era um filhote e desatei a chorar desesperadamente. Todos queriam saber a razão de um menino do campo chorar tão desoladamente pela morte da corujinha e não adiantava meus argumentos em defesa da defunta, todos estavam contra ela. Era unânime a opinião: "Corujas são más e precisam morrer!" – Mas ela é apenas um bebê, eu dizia. Ao que respondiam: Ela iria crescer. Nunca superei a morte daquela ave inocente e desde então passei a prestar cultos secretos às corujas. As venero simplesmente. Às amo! Para mim são os pássaros mais belos, e quando mais velho soube o significado simbólico que carrega tive mais orgulho de mim mesmo por escolhe-la como amuleto de sorte e respeito.

O tempo passava naquela fazendo e eu crescia com meu irmão e os outros meninos da vizinhança. Brincávamos muito, fazíamos experiências sexuais, mas nossas brincadeiras preferidas de infância nem chegavam perto de uma bola de futebol. A gente gostava mesmo de brincar de Jaspion. Nas décadas de 80 assistíamos muito seriados japoneses onde heróis lutavam em Tóquio com monstros gigantescos que destruíam a cidade. A Fazenda Santa Rosa era nossa Tóquio, cada um de nós éramos um personagem da nossa escolha e as árvores eram os monstros gigantes que destruíam tudo a nossa volta. Era literalmente um mergulho no mundo da fantasia, pois acreditávamos de verdade na história que criávamos. Mais tarde, com um novo grupo de amigos fazíamos a mesma coisa com os filmes de Fred Cruger de *A hora do pesadelo*, mas isso é uma história que vem mais adiante.

A mudança para a fazenda nova amenizou muito as brigas entre meus pais e quase nos tornamos uma família funcionou. O bebê morto nunca era mencionado e era como se ele nunca tivesse nascido. Porém é claro, as pessoas não mudam de uma hora para outra. A questão era que ali tínhamos mais testemunhas, apesar da antiga crença de que "em briga de marido e mulher não se mete a colher", a vida era um pouquinho mais pacífica. Meu pai ficou doente e não pode mais beber, mas em compensação minha mãe decidiu que era hora de se apaixonar de verdade e viver alguns romances. Foi quando começou a transar com todo ser de calças e pênis que sorriam para ela. Enquanto meu pai trabalhava, meu irmão e eu estávamos na escola, ela "passava o rodo". Naquele tempo eu já tinha domínio da leitura e ela, minha mãe, tinha o hábito de escrever diários. Ela com a segurança do analfabetismo completo do meu pai, se sentia segura em narrar todas suas experiencias amorosas e eróticas em cadernos que escondia no forro da casa onde morávamos. Mas ela escondia apenas um caderno por vez, apenas aqueles que preenchia todas as folhas. Eu morria de curiosidade para saber o que ela escrevia com tanta concentração.

Minha mãe começou a trabalhar na colheita de frutas. Enquanto meu pai era fiscal dos empregados, minha mãe passava os dias no exaustivo trabalho de encher caixas e mais caixas de laranjas, goiabas, abacaxis e qualquer outra fruta que exigia colheita manual. Chegava no fim do dia exausta em casa, espancava a mim e meu irmão por conta dos afazeres domésticos não estarem perfeitos, como ela esperava e depois de ter nós dois muito bem surrados e chorosos, se reunia com as vizinhas e se largava à longas horas de gargalhadas. Riam, riam, riam... Eu imaginava que riam da surra que eu tinha levado e se tentava me juntar a elas para sondar o motivo das gargalhadas, era afastado com um sonoro tapa na cara que muitas vezes custava um filete de sangue escorrendo do nariz. O mesmo não acontecia com Vinícius, ele sempre o ser mais dócil e pacífico que conheci. Nenhuma curiosidade da vida ou da morte perturbou seu espírito em toda sua vida. As vezes me pergunto se a cobra que matou o corpo do bebê Eduardo no canavial, não matou a alma de Vinícius. De resto eu estava intacto, ou ui presenteado com a sagacidade, malícia e veneno de que a serpente é proprietária e senhora.

Quando se quer tanto saber algo que nos é negado, o caso pode se tornar uma obsessão e foi exatamente isso que aconteceu comigo. Eu queria acesso irrestrito ao mundo de minha mãe e deseja que me faço dado por livre e espontânea vontade, um convite à amizade. Mas foi exatamente o contrário que vinha acontecendo. Eu me sentia excluído, inferior, sujo, um rato. Suas críticas à minha aparência eram constantes: "Feio igual ao pai"; "Olhem o tamanho dessas orelhas"; "Que pinto minúsculo, só vai servir para mixar"; "Que moleque burro"; "Que pés encardidos"; "Que nojo, a cabeça cheia de piolhos". "Moleque feio, moleque mal, moleque sujo, pervertido, burro, sem educação, pivete, some da minha frente, morre logo desgraça, nem devia ter nascido..." Enfim, eram tantos os adjetivos à minha imprestabilidade que no lugar da dor vi brotar uma sementinha de ódio. E o ódio cresceu e se tornou numa linda flor que eu cultivava com devoção. Ele era meu companheiro e sustento da minha existência, meu guia, meu deus.

Não foi de propósito, mas de repente vi que minha mãe subia no forro da casa e escondia um dos seus cadernos. No outro dia ela foi trabalhar e quando voltei da escola providenciei uma escada e subi para recuperar o caderno. Para minha surpresa havia uma riquíssima biblioteca escrita de próprio punho. Eram tantos cadernos, tantos que nem dava pra contar. Arrumei um espaço para me colocar cômodo e por vários dias, talvez meses, me dediquei a ler aqueles diários. Passava todas as tardes escondido ali por horas lendo as aventuras pornográficas narradas por minha mãe. E lá estavam os nomes de cada homem com quem ela trepou, a grande maioria eram conhecidos da família, amigos do meu pai. Muitos eram meus "tios" preferidos que me davam presentes. Brinquedos ou tênis da última moda que eu queria muito, mas que eram caros demais para meus pais. E de repente esses homens "bondosos" me regalavam com o objeto infantil que tanto eu havia desejado.

Antes de dormir eu mendigava a minha mãe beijinhos de boa noite, que ela dava com rapidez e quase repulsa. Perguntava como se escrevia uma palavra ou outra e ela me chamava de burro. Pedia um abraço e ela me afastava por estar suado, sujo ou segundo ela, fedido. Então qual não foi minha surpresa e indignação quando li seus relatos detalhistas de suas experiências sexuais. Como sua boca chupava os pênis do Roberto, do Armando, do Deri... E de como aquela vez ela se engasgou com a porra do Juarez quando ele gozou na sua boca. Também descrevia quando ela fez suruba com três homens que a penetraram todos, "um em cada buraco", como ela descreveu. E como aquela foi a melhor sensação de sua vida. Ela também dizia que para seus encontros gostava de levar as toalhas de banho do meu pai e que, com elas, limpava o suor do corpo dos homens depois do sexo e enxugava a porra dos seus paus. Levava de volta para casa, colocava para secar ao sol e oferecia ao meu pai quando ele fosse tomar banho. Ela dizia gostar de ver meu pai se enxugando nas toalhas onde seus amantes haviam limpando suas porras.

Eu não podia mais olhar minha mãe como mãe. Eu era um menino de nove anos que já não era mais filho, tampouco criança. Meu estômago doía a dor de quem vomitou, vomitou, vomitou e a náusea permanecia sem que fosse possível continuar vomitando por já estar vazio. A cara da minha mãe era a do nojo. A cara do meu pai o da morte. Eu era o meu próprio eu. Eu não era filho. Eu nasci de mim mesmo e assim seguiria por todos os dias da minha vida até ao dia da minha morte. Decidi que não daria descendência aos meus genes. Eu precisava ser morto e ao morrer não deveria haver outra pessoa que carregasse o mal e a sujeira da qual fui feito. Mas eu ainda era uma criança e precisa ser alimentado e protegido dos males externos à minha família. E continuei com meus pais até o dia que minha mãe decidiu se separar de meu pai. Não demorou muito desde a leitura dos diários (fato que ela nunca descobriu), na verdade foi poucos meses depois.

A separação foi traumática, porém esperada. Minha mãe estava muito ansiosa para curtir a vida de solteira e não cansava e dizer a seus conhecidos que "esfregaria muito a buceta" por aí. Eu ouvia e a desconhecia. É estranho como o maior amor de nossas vidas não termina de repente. Ele vai esmorecendo, duvidando, decepcionando, desfazendo aos poucos no ar. Mesmo assim adulto eu esperava as vezes acordar e já ter superado, mas não é assim que acontece. Quando o amor acaba é por que ele se oi como líquido lento que escorre por um fio ininterrupto. Meu amor pela minha mãe era um fio de água que escorria lentamente em direção ao abismo que eu não via, mas nunca mais recuperaria. Ela tinha o direito de reivindicar seu direito de mulher e viver livremente sua sexualidade? Claro que sim, óbvio. Toda mulher no planeta merece ser amada, desejada e viver plenamente sua sexualidade. Mas e eu? Eu estava sozinho e não entendia nada dessas coisas. E se alguém me explicasse? Faria mais sentido? E se alguém poupasse meus ouvidos e me deixasse viver minha vida de menino? Como é difícil para os adultos deixarem as crianças serem crianças.

E foi assim que numa confraternização entre os vizinhos da fazendo aconteceu "a grande tragédia". Havia uma moça morena muito linda, de longos cabelos negros e uns lábios que eram perfeitos. Quando sorria eu sentia o sangue das minhas pernas, ventre e coração correndo rápido para uma região que tinha vergonha de mencionar porquê as vezes eu precisava esconder. E o estúpido de um dos vizinhos estava me ensinando fazer foguetes com palitos de fósforos. Um dos meus foguetes conseguiu voar e foi direto para os cabelos da minha deusa que correu apavorada tentando apagar o fogo. Nada grave aconteceu. Grave a ela, pois a mim fui ferido de morte em meu orgulho. Minha mãe se dirigiu a mim furiosa pedindo explicações e disse para eu me desculpar. Prontamente fui pedir desculpas e ela, a mulher dos meus sonhos respondeu: "tudo bem, foi um acidente. Brincadeira de criança". BRINCADEIRA DE CRIANÇA!!!!! Nunca fui tão magoado na minha vida como naquele momento. Senti o gosto da humilhação escorrendo como um suco amargo pela minha garganta e tudo o que eu queria era fugir dali para o mais longe possível.

E foi o que fiz. Corri para minha casa, subi em uma cadeira e procurei por remédios que sabia que minha mãe guardava. Uns anos antes eu tinha começado a tomar cadernal por conta de um traumatismo craniano que tive e que em consequência me devam infinitas dores de cabeças, amnésias e as vezes desmaios. Minha mãe guardava longe do meu alcance e eu deveria tomar apenas um comprimido por noite, mas naquela note tomei toda a cartela. Não queria chamar a atenção de ninguém, queria morrer mesmo. Eu não sei como sabia disso, mas já tinha ouvido que remédios controlados não devem ser misturados com álcool, então na esperança de acelerar o efeito e morrer mais depressa, encontrei o litro de Jamel do meu pai e virei no gargalho. Nem sei se bebi muito, mas antes de chegar na minha cama (minha intenção era ir dormir para me descobrirem morto de manhã quando já não pudessem fazer nada a respeito), eu desmaiei. E assim acabou-se a história. Foi aquele fuá, todos me socorreram, levaram para o hospital, lavagem estomacal e repouso por uns dias. Ninguém cogitou que eu deveria fazer acompanhamento psiquiátrico. Eram outros tempos.

Pouco tempo depois estávamos minha mãe, meu irmão e eu indo embora da casa do meu pai. Íamos para a casa da minha vó e não sei porquê minha mãe achou que era uma boa ideia. Talvez porque sabia que meu pai não poderia mais bater nela. Mas e os outros homens? Os que vieram depois? Mas estou adiantando a história. aquele dia, o dia da mudança, minha mãe pegou nossas roupas e colocou no bagageiro do carro de um conhecido dela que nos levou da fazenda para a cidade e para a rodoviária. De lá fomos para a casa da minha vó, mas chegamos só à noite. O dia foi confuso porque não foi objetivo, minha mãe tirou o dia para assear, tomar sorvete, ir na cartomante. Ria, ria, como se nunca lhe fosse permitido rir. A cartomante disse que nossa seria de misérias e infelicidades e minha mãe amaldiçoou a cartomante. Disse que isso de prever futuro é tudo bobagem e que quem manda em si mesma é ela. Chegamos na casa da minha vó à noite e só ali naquele momento da chegada eu estava feliz e radiante, pois uma nova vida começava. A minha vida! Nova escola, nova cidade, novos amigos, eu adorava coisas novas. A novidade sempre me fascinou, é um lenitivo, um remédio e eu precisava disso.

Desde a chegada na casa da minha avó a vida se mostrou muito diferente do que eu estava acostumado. Promiscuidade, pobreza, abandono, meus brinquedos sucateados, as piadas impróprias, homens bêbados, sujos e fedidos que entravam e saiam daquela casa. Mulheres horrendas e vulgares que achavam normal pegar no meu pau sem minha permissão. Moravam minha vó, dois tios, três tias, cada uma com dois filhos cada, somando oito crianças, dois meninas e seis meninas. Tudo numa casa pequena, num terreno cheio de puxadinhos para caberem aquela gente toda. O álcool, as drogas e o sexo corriam soltam. Minhas mãe e tias transavam na frente das crianças e eu passei a ver o sexo como a coisa mais suja do mundo. Para mim, ver aqueles homens bêbados, mal lavados, embrutecidos, trepando na minha mãe e tias como se fossem uns animais qualquer, não deixavam em mim a ideia de que uma relação sexual poderia ser a expressão mais linda do amor. Ali não havia amor. Eu tinha apenas doze anos e uma mulher de trinta e tantos anos queria me ensinar a ser homem. Uma mulher repulsiva que chupava meu pau enquanto eu estava dormindo. Quando a flagrei fazendo isso, passei a ter insônia e crises de vômito que se alongaram por toda a adolescência. Mas isso tudo foram traumas e mais traumas dos quais não quero continuar reclamando. Vou contar os fatos da minha vida que se tornou extraordinária desde essa mudança.

Quando tinha uns 11 anos, costumava observar uma mulher andarilha que vivia nas ruas da cidade. De bar em bar, pedindo pinga para homens que muitos trocavam por sexo. Era uma mulher maltrapilha, suja, não se sabia se tinha casa e se tinha onde era, com quem vivia. Sabia-se que tinha uma filha de quatro anos criada por uma pessoa estranha à família. Não que tivesse sido adotada, mas era alguém que alimentava e vestia a criança. A mulher era branca, gorda, um pouco demente talvez. Não roubava, apenas mendigava. Um dia apareceu grávida. Ela nem tinha se dado conta que estava grávida, apenas engordava, a barriga crescia e o óbvio era que teria mais uma criança. Em nove meses nasceu a Vanessa.

Vanessa era uma bebê incrivelmente linda. Negra, de olhos grandes, umas bochechas fofas e um par de coxas que enterneciam qualquer pessoa que olhasse. Eu a conheci quando tinha oito meses de idade e nesse tempo ela já comia de tudo. E adorava comer! Qualquer coisa que lhe dessem ela saboreava, parecia nem distinguir a diferença dos sabores, apenas ingeria e se alimentava. O problema era que por ser filha de quem era, muitas pessoas faziam maldades contra a bebê e abusavam do seu gosto por comida. Lhe ofereciam comidas gordurosas, velhas, as vezes estragadas. Vanessa comia e vomitava, mas voltava a comer. Nunca adoecia e sempre tinha fome. Era uma menina tão gordinha que eu nunca imaginei que seu excesso de peso poderia se dar pelos alimentos extra calóricos, mas não de que de fato ela recebia as comidas necessárias para seu desenvolvimento. Agora enquanto narro essa história me fica totalmente óbvio. A mãe dela vivia dentro dos bares e a nenê que estava sempre com ela comia o que tinha disponível para se comer nesses lugares, ou seja, doces, salgadinhos industrializados, salsichas condimentadas. Nada de nutrientes, nada preparado para ela, em nada ela ingeria carinho.

Como eu era só um menino, estava ocupado com meus problemas de crescimento e não prestava muita atenção à bebê da mulher alcoólatra. Mas Vanessa crescia e era vista pelas ruas desde muito pequena. Por ser filha de quem era, em qualquer lugar que aparecia, seja na porta de um comércio ou no portão da casa de uma família, era escorraçada como um cachorro sarnento. Lhe diziam coisas horríveis, era como se a menina carregasse em si a peste negra e que qualquer um que respirasse um átimo do a que ela respirava morreria apodrecido em plena rua. Quando eu tinha quinze anos me apaixonei pela filha do dono do bar na esquina da minha casa. Era uma moça linda de dezenove anos, morena, alta, sexy e eu era um moleque tosco, magrelo e pobre que não tinha a menor chance. Era uma paixão absolutamente platônica. Por estar apaixonado e babando ovo todo o meu tempo livre na moça, eu passava o dia no bar do pai dela enquanto a moça trabalhava. A entretinha com minhas histórias e sonhos de aventuras. Éramos bons amigos e nos divertíamos muito, tantos segredos compartilhados. Consciente da minha própria meninice, ajudei ela a engajar um namoro com o homem por quem ela era apaixonada. E era isso! Eu gostava dela, ela gostava do Lucas, o Lucas tinha uma namorada, da qual largou para ficar com a moça que por ele estava apaixonada e eu fiquei de vela. Era o confidente, mas valeu a pena. Hoje eles têm três lindos filhos e ainda se amam, enquanto eu vivi quase todas as aventuras que contava para ela que queria viver. Ou seja, todos saímos ganhando.

Voltando à Vanessa, eu tinha quinze anos e estava no bar com minha amiga quando a criança chegou. Ela tinha quatro anos na época. Vanessa pediu um doce e como resposta recebeu "não". Pediu refrigerante. "Não". Então me dê um copo de água, a menina disse, e foi nesse ponto, nesse fatídico ponto que desejo do fundo da alma voltar no tempo e mudar o acontecido. Minha amiga encheu um copo de água, levou até à Vanessa e jogou o conteúdo do copo na cara da menina e lhe disse: "Some verme imundo". Vanessa parecia indiferente a humilhação, à dor, ao desprezo. Já estava habituada a ser tratada dessa forma pelas pessoas e parecia ne sentir as agressões que sofria. Ela simplesmente se foi, mas o machucado ficou em mim. Eu não fiz nada para defende-la, não protestei quando saiu, não fui embora do bar, não fiz absolutamente nada. Apenas senti o amargor descendo pelo âmago do meu ser e a desconstrução da ideia que eu tinha do amor. Como é possível amar uma mulher má? O que nos faz amar uma outra pessoa? O amor é uma invenção, projeção, ilusão, algo que inventamos para dar sentindo a uma existência que não tem sentido nenhum? Vanessa era livre porque aceitava sem questionar sua animalidade? Ela chegou um dia a saber que era humana? Tantas perguntas, tantas..., mas minha vida de fato não mudou. Continuei indo todos os dias cortejar a moça bonita e cruel que eu "amava".

Algum tempo depois, numa noite muito fria, eu estava com minha mãe e meus tios sentados na calçada em rente à nossa casa conversando e bebendo algo. A Vanessa chegou e sentou ali perto e por ali ficou sem que ninguém a expulsasse ou se incomodasse com sua presença. Ela apenas estava e nada mais. O que os adultos estavam bebendo era vinho e isso não lhe interessou. Depois de um tempo entrei e fiz uma caneca de leite quente com chocolate e voltei para a rua. Vanessa perguntou que eu estava bebendo na caneca e eu disse. Ela pediu: "Me dá um pouquinho?" Eu entrei e logo voltei com outra caneca de leite para ela. Todos que estavam presenciando a cena caíram em gargalhada. Dizendo que eu estava desperdiçando leite, rindo do fato de eu atender o pedido daquela menina. Ela era tão pequenininha e só queria um copo de leite quente numa noite fria. Estava sozinha na rua à noite, no inverno e só tinha uns quatro ou cinco anos. Em minhas lembranças, das mais violentas às mais tristes, algo me marcou para sempre naquela noite. Não foi o grotesco da situação, mas sim os olhos da Vanessa quando recebeu a caneca de minha mão. Seus olhos sorriam, viam, agradeciam, surpreendiam... não sei descrever aquele olhar, mas era os olhos de uma menininha. E me desespera o desespero nos olhos das menininhas. Mas o reconhecimento de amor, esse é ainda mais doloroso. Por que a dor é real, uma constante, o amor é efêmero.

O tempo passou e ela crescia nas ruas. Eu sabia sobre ela pelo que diziam. Batia nas outras crianças, apanhava dos moleques e foi estuprada inúmeras vezes. O conselho tutelar intervia, mas nunca dava em nada. Afinal, filha de quem era, deveria ser estuprada mesmo. Passou alguns anos, me mudei de cidade e de vez em quando vinha visitar minha mãe. Soube que a Vanessa tinha tido um filho e que o conselho tutelar tirou o bebê dela ainda na maternidade. Alegavam incapacidade por ela ser moradora de rua e usuária de drogas. Vanessa entrou em depressão, pois o seu bebê era sua oportunidade de ter alguém que a amasse. Mas ela não conseguiu reaver a guarda do filho, que foi adotado por uma mulher solteira de quase sessenta anos. Vanessa engravidou novamente e jurou que aquele segundo bebê ninguém lhe tiraria. Mas tiraram! Ao nascer o segundo menino foi levado para instituição desconhecida por ela e por todos que pudessem reconhecer a origem do menino. Desesperada, Vanessa tomou uma overdose de drogas e morreu. Ela tinha 23 anos. A mulher que adotou seu primeiro filho, por alguma razão perdeu a guarda e por decorrência disso teve um surto psicótico. Em desespero, para amenizar a dor da perda do filho, cravou uma faca de cozinha várias vezes em seu próprio peito. Ao que parece, apunhalar o próprio peito a facadas dói bem menos do que ter um filho tirado dos braços de uma mãe.

Minha adolescência foi um sem fim de perguntas e eu não acreditava poder ser feliz entre tantas pessoas sórdidas. Eu tinha que ir embora daquela cidade e tinha que ir sozinho. E fui. Recomecei, me reinventei, diria que até fui feliz. Se não fosse minha obstinação em aceitar qualquer coisa do mundo, menos a volta para casa, talvez as coisas teriam sido diferentes. Eis meu raciocínio: minha mãe é a pessoa mais tóxica para mim. Meus parentes os mais perversos e todos meus conterrâneos eram meus inimigos. A cidade onde cresci, de acordo com a visão de mundo que eu tinha, era o lugar mais perigoso para minha vida. Nem mesmo que eu fosse assassinado, se o assassino fosse um desconhecido, o mundo estaria sendo bom. Mas a simples palavra zombeteira de um parente tolo, era a violência mais atroz que eu poderia sofrer. E foi assim que rodei em algumas cidadezinhas do interior de

São Paulo fazendo alguns trabalhos até que cheguei em Sorocaba para viver a minha experiência mais extravagante, emocionante, perigosa e da qual não me arrependo, embora não queira jamais voltar para aquele passado. Algumas coisas são legais enquanto se vive, mas se perguntam: "quer de novo?" A resposta é um sonoro não. E por mais que tenha sido emocionante viver, por todos os anos da minha vida, nunca ousei a contar para uma única pessoa. O segredo vive na mente e nem penso para que pulsões telepáticas traiam o segredo que deve ser guardado a custo da vida de alguém.

Alguns anos se passaram e eu já era homem. Não com se entende homens hoje em dia, que geralmente tem cerca de trinta anos. eu tinha 21 e tinha que cuidar da minha própria vida. Mas como? Numa cidade minúscula e insignificante e pessoas minúsculas e insignificantes, eu era minúsculo e insignificante. Por sorte eu ia numa igreja onde o pastor vinha de uma cidade vizinha. Por acaso descobri que ele era vereador da cidade e epa! Taí um jeito fácil e encontra-lo, só deveria ir até a câmara de vereadores e contar minha história. Tudo o que ele podia fazer era me dar uma carta de recomendação para conseguir um emprego. E o que parecia ser pouco, foi o suficiente para começar uma nova vida.

Comecei trabalhar numa oficina, mas não levava muito jeito para mecânica. Logo fui demitido e consegui emprego em uma papelaria. Lá fui bem feliz, mas ganhava pouco. O salário do comercio local não permitia que uma pessoa se autossustentasse. Tentei um segundo emprego noturno, mesmo assim o dinheiro dos dois empregos apenas permitia comer, pagar o aluguel, algumas roupas e sair de vez em quando. Eu era ambicioso, mas meu sonho maior era cursar uma universidade. Desde pequeno me diziam ser um sonho impossível para um menino pobre como eu e que o sensato deveria ser fazer um curso técnico e trabalhar, conseguir uma família, filhos, mulher, essas coisas que a receita cultural exige. Eu não podia aceitar isso. não assim simplesmente poque me mandavam, mas sim porque eu queria no momento que eu queria. E de qualquer forma só um gênero feminino capaz de me voltar a cabeça. O olhar e os pensamentos. O nome dela era Universidade Pública. A dama dos meus olhos e sonhos audaciosos.

Vivendo uma vida de merda, com um salário de merda em uma cidade que era apenas um pouco menos merda que aquela que deixei, fui tentar emprego em uma cidade maior com mais oportunidade. E lá eu descobri o mistério dessa palavra: OPORTUNIDADE. O que é oportunidade? De onde ela vem? Que a inventou? Por mais que tenha inúmeras respostas para cada uma dessas perguntas, para mim não havia nenhuma. Eu estava só e não encontrei a tal oportunidade que buscava com ansiedade e esperança mortal. Riam de mim por ser do interior, do meu sotaque, da minha pretenciosidade em dizer que já tinha sido mecânico, de ter sido livreiro. Riam de mim por ser um rapaz sozinho numa cidade pretensiosamente cara e desprezível. Felizmente, até que enfim, fui chamado para fazer uma entrevista para trabalhar com garçom em uma lanchonete noturna. Não sabia o endereço, mas mesmo assim o lugar era longe de onde eu estava morando, por essa razão chamei que era muito comum na época, um moto táxi.

No caminho o motoqueiro me explicou como era a cidade e de como em breve eu nem teria o que comer. Falou das oportunidades alternativas de se ganhar dinheiro e se disponibilizou a ser meu "tutor" enquanto eu não me arranjasse. Me deixou no local da entrevista e lá fui tratado com desprezo. Afinal era mais um moleque querendo trabalho, grande coisa. Voltei para a pensão de rapazes onde morava com o mesmo motoqueiro que me levou e ele disse que no dia seguinte, se eu quisesse, ele me apresentaria à um amigo que tinha uma casa. Nessa casa eu poderia ganhar muito dinheiro em poucas horas e resolver todos os meus problemas. Passou seu contato telefônico pessoal, mas eu não planejava ligar. Não estava louco! Eu entendi muito bem nas entrelinhas das suas palavras de que casa era aquela. Do que se tratava e de como era "fácil" o dinheiro que eu iria ganhar. Mesmo assim, mais movido pela curiosidade do que pela ganância, no outro dia de manhã eu liguei. E ele me levou até lá. Vi que antes do motoqueiro sair e ele recebeu do dono da casa uma quantia em dinheiro. Não sei o valor, mas ele olhou para mim, sorriu e acenou em adeus. E desde aquele momento descobri que tinha sido "vendido" e um novo capítulo se iniciava em minha vida. E por mais estranho que pareça, foi o melhor.

A proposta era de que trabalhasse em uma casa de prostituição. Receberia homens de todas as idades, dispostos a pagar por sexo com rapazes jovens. A oferta financeira era alta, muito mais do que eu ganharia em um daqueles empregos medíocres que eu estava procurando. Mas havia um problema, eu não sou homossexual e não sabia como teria ereções com outros homens. Descobri logo dois poderosos afrodisíacos: o infalível viagra e o dinheiro. Quando eu dizia meu valor por uma hora de sexo e o cliente topava, meu pau ficava duro como mágica. E foi aí que ingressei numa carreira próspera, porém curtíssima. Não havia mistério nenhum, era até monótona a rotina. Eu ficava com outros rapazes em uma sala de estar, conversando atoa, dando risadas e geralmente falando e rindo dos clientes enquanto aguardávamos que alguém nos chamassem. Quando esse momento chegava nos apresentávamos ao cliente recém chegado que escolhia o rapaz que o agradasse. Algumas vezes, poucas, mas não raras, apareciam mulheres. Elas se portavam exatamente como os homens: olhavam de cima a baixa, dava aquela conferida no volume do pênis e fazia sua escolha. Eu ganhava dinheiro tão facilmente que nem sabia como gostaria de gastar. Nunca tive planos para tanto dinheiro de uma só vez. lembro que a primeira vez que fui para um bar à noite, depois do trabalho, sentei no balcão e pedi para que o garçom preparasse todos os drinks do cardápio. Eu queria experimentar todos. E de fato, alguns eu dava apenas um gole e partia para o próximo. Fiz isso apenas porque podia. Mas foram as histórias acerca da prostituição que me angustiaram. E as mortes de meninas que eram violentamente assassinadas me fez ver que eu não estava vivendo um conto de fadas.

Havia um cara que gosta de meninas muitos jovens e se perguntava qual era o problema de fazer sexo com meninas que estavam no ensino médio. Um outro indivíduo, se aproveitando do interesse do cliente, fez contato com um garoto que estava no ensino médio, para através dele realizar aliciamentos para esses homens, pedófilos, no meu julgamento. O negócio era muito rentável. Na escola, o menino, muito bonito e carismático costumava organizar festinhas e chamava suas "amigas", meninas bonitas estrategicamente escolhidas. Não dizia do que se tratava, mas ao chegar no local, as garotas encontravam muitos convidados. Homens mais velhos que não conheciam, mas que as tratavam com delicadeza, simpatia e as convidavam para beber e consequentemente para sexo. Depois de bajularem seus egos, ofereciam quantias exorbitantes para estarem a sós com elas e verem/ tocarem seus corpos. Essas meninas não eram meninas quaisquer. A maioria delas, de escola pública, eram muito pobres e cheias de vaidades. Raramente havia alguma que recusava, na verdade quase nunca isso acontecia. Era um negócio praticamente garantido. Todas gostavam de dinheiro e o organizador da festa, é claro, ganhava uma comissão exorbitante por cada menina assediada.

Pessoas que vendem sexo parece aos olhos da sociedade algo sujo e vergonhoso, mas para aquelas que vivem desse trabalho não encaram dessa forma. Vender o corpo para pessoas que não gostam, parece algo doloroso, mas é preciso conversar, conhecer e se inserir entre as e os profissionais para entenderem que há uma dissociação de corpo e emoção que fariam muitos psicólogos céticos a contestarem veemente esse argumento. Quando conheci uma moça chamada Amanda, que fez para mim uma compilação de histórias reais de mulheres prostitutas, meu pensamento mudou um pouco. Amanda trabalha como prostituta, cria duas filhas, mora em um bom apartamento e se considera muito bem sucedida em sua carreira. Morena, alta, olhos amendoados e um sorriso cativante, nem corresponde ao estereótipo de objeto siliconado feito exatamente para desfrute masculino. Fora das boates ela é uma mãe e dona de casa como qualquer outra, que faz almoço para as filhas e as ajudam nas lições escolares.

Há caso diferentes que marcam as diferenças de classes e motivações das mulheres que fazem da prostituição uma profissão. Alguns clientes, aqueles com menos condições financeiras costumavam me convidar para irmos a um hotel e eu sempre indicava um que conhecia e tinha um peço acessível. Com o tempo e frequência, conheci a Rosana, uma moça de uns dezenove anos que criava o filho de seis enquanto trabalhava na recepção do hotel. Vale destacar que quase todos os clientes desse hotel iam até lá para o mesmo fim e não eram viajantes em busca de um lugar para pernoite. Rosana era gentil, de uma gentileza sedutora e sempre piscava para os clientes maliciosamente antes de subirem. Muito deles, obviamente os homens héteros, voltavam ao hotel exclusivamente para estar com a moça. Para essas ocasiões, quando ia encontrar-se com seus clientes, levava o filho junto e o trancava em um closet do quarto no qual atendia de lhe dava alguns doces e brinquedos com a condição de que não lhe abrisse a boca nem saísse de lá, não importa o que ouvisse.

Haviam mulheres de todo tipo: Sandra que se declarava ninfomaníaca e só cobrava o sexo quanto o cliente estava disposto a pagar e ainda lhe dava beijos na boca em gratidão. Cíntia recebia um cliente que apenas reclamava do quanto era infeliz no sexo com qualquer mulher e que com ela, tudo se tornava pleno e perfeito. Gozava horrores e por essa razão, antes de sair do quanto gostava de vê-la deitada nua na cama, coberta por notas de 100 reais do pescoço aos pés. Todos os homens dão desculpas às mulheres para se justificarem perante elas, mas principalmente perante eles mesmos o quanto não são amados ou desejados. O quanto sua infelicidade deve ser compensada com um pouco de afeição artificial que as prostitutas oferecem.

As mulheres também dão desculpas que justifiquem ou deem gratificação emocional ao seu trabalho. Leandra por exemplo diz: "Muitos homens estão descontentes com o casamento. Stress no sexo que se acumulou. É por isso que estou tentando adicionar "sensualidade" que não pode ser obtida na vida de um casal à noite." Giovana se conforta argumentado: "Algumas pessoas sentem que suas vidas estão vazias. O motivo é que sua esposa não o vê como um objeto sexual, ou ele só quer que alguém toque nele. Algumas pessoas são assim."Eu só quero almoçar com você", o que é muito simpático para as pessoas solitárias. É claro que gosto do tempo com a outra pessoa e simpatizo. "Experiência de amante", que é o meu trabalho. Eu sempre interpreto esse papel em um tempo limitado. Namorar e rir juntos." Carla é bem mais realista quando diz: "Meus clientes variam em idade e profissão. Alguns estudantes universitários e senhores na casa dos 70 anos. Não importa o quão amigável e gentil, não tenho empatia pelos meus clientes. Estar envolvido não é legal neste mundo. Temos sexo na cama, mas nossos clientes são nossos clientes. Isto é um trabalho. Se formos além disso, tudo será complicado. Meu trabalho é fornecer esses serviços. Bem, como um dentista. Afirmo que não há mais nada."

Enquanto para as mulheres a prostituição tem muitas facetas, para mim que sou homem é tudo muito prático. Fodeu, acabou. Não há envolvimento emocional. No começo achei que seria asqueroso transar com homens, mas profissionalmente é a coisa mais prática do mundo. Não requer envolvimento emocional, nem dama. Há objetividade e honestidade nas intenções. Os homens se respeitam entre si, há cumplicidade e cordialidade. Tudo termina com um até breve e vou para o próximo, sem ciúmes, sem culpas, sem melindres. Eventualmente atendo casais, o que costuma ser tranquilo e de vez em quando atendo mulheres, o que procuro evitar porque elas geralmente estão fantasiando que sou um namoradinho. E a coisa desanda, complica e me traz problemas. O mais grave foi a jovem dama de quarenta anos que engravidou durante o programa.

Antes de continuar minha história, é preciso que eu diga um pouco mais sobre mim. Do porque sou um homem sozinho, um pouco triste, mas quase ninguém percebe. Eu fiz escolhas, essas escolhas são injustas ou totalmente justas, não há como saber. Nunca se sabe na vida se fazemos escolhas ou somos escolhidos. É uma dúvida mística que não se cala por mais que eu peça. Diz, diz, mas não diz nada. Está sempre dizendo as fórmulas da felicidade e do sucesso, mas nunca chegamos a um acordo de como João é mais feliz que Maria por ser homem e que Maria é mais bonita por ser mulher. É tudo subjetivo e por mais que exista uma faceta estrutural por trás de todo jogo que nos mobiliza a viver, acordar todos os dias, nunca há uma resposta suficiente ou sequer convincente. Até o caso da prostituição que venho tratando até agora não faz nenhum sentido quando há aplicativos em celulares que são capazes de descolar uma parceira, ou parceiro sexual para qualquer hora doo dia ou da noite. Na preferência que quiser, é como olhar um catálogo e pum, ali está a foda de 11 minutos da qual muitas vezes as pessoas envolvidas sairão ainda mais vazias do que entraram. Para mim gozar com um desconhecido ou envolver-se sexualmente apenas pelo sentido da carne me parece como cagar. Uma necessidade fisiológica e inevitável. Você se alivia e segue para fazer na sua vida coisas mais importantes. A diferença é que quando se trata de sexo, se está defecando em alguém e em alguns casos, o invés de sair um monte de merda entupida de nossos intestinos, pode ser engendrada uma pessoa.

E é assim que a maioria das pessoas são concebidas, e nascem e morrem... por mero acaso, por bebedeira, por irresponsabilidade de dois drogados ou jovens na efervescência de seus hormônios. Ficam escrevendo tentando desesperadamente dar algum sentido a vida, mas não faz sentido nem o nascimento quanto mais o viver. Reprodução só é bonita quando escolhida, quando aceita, quando abençoada. Mas isso se trata de uma minoria quase insignificante quando vemos a quantidade de pessoas sem nenhum propósito na Terra. Ontem por exemplo encontrei alguns jovens punks e por mais que sou simpática e entenda o conceito de oposição ao sistema, o fato de estarem mendigando só reforçam o quanto merdas ejaculatórias são os seres humanos. E falam tanto de Deus, espiritualidade, evolução, carma e por esses dias eu estava muito arrasado por ter admitido que a mulher por quem ando apaixonado não quer absolutamente nada comigo. Quer ser minha amiga, bela porcaria, tenho centenas de amigas inúteis, porque haveria de fazer questão de mais uma. Principalmente uma que transa com meio mundo menos comigo, porque "não faço o seu tipo". O seu tipo são homens com dinheiro e posição social. Não importa meu amor, meus valores, minha dedicação e do quanto ela é importante para mim. Minha vulnerabilidade financeira é um defeito mortal e nunca fará de mim o homem de sua vida. Enfim, no auge da tristeza não havia nenhum deus para me consolar, mas sim uma caixa de tranquilizantes. Tomei uns dois e dormi por mais de doze horas. Acordei refeito, pronto para uma caminhada e seguir com a vida. Me cago para esse tal deus que não ouve ninguém.

Voltando a minhas aventuras voltadas para o ramo da prostituição, um dia essa cagada ejaculatória aconteceu dentro de uma mulher desprevenida e acabou ficando grávida. Para mim, que absurdo engravidar uma mulher que me pagou para comê-la. Eu jamais teria ido para a cama com ela se não fosse pelo dinheiro. Uma mulher que para mim parecia repugnante, tanto fisicamente quanto de caráter. Ficava implorando para eu abaixar o valor do programa e tentava tirar a camisinha o tempo todo, tanto que conseguiu. Eu não queria um filho com ela, me parecia repulsivo um ser humano gerado por mim crescendo dentro daquela mulher. Pedi que fizesse um aborto. Ela concordou muito facilmente com a ideia, parece que para ela não era algo que condizia com seus planos. E pediu que eu conseguisse o dinheiro além de prestar suporte emocional. Eu não tinha ideia de onde comprar, mas depois de muito especular com conhecido, acabei por encontrar alguém que podia me vender dois comprimidos por um valor exorbitantes. Dei a ela que disse ter tomado, mas depois de ter passado por uma noite bem dolorosa, segundo ela, os remédios não fizeram efeito. Ou seja, continuava grávida.

Continuei na correria e consegui o dinheiro para fazer o aborto. Foi uma noite terrível, de dar pesadelos dos quais não me libertei por muitos anos. Ela pediu que eu passasse a noite em sua casa e lá fui eu. Ela tomou um dos comprimidos, inseriu outro na vagina, como foi instruída e depois de algumas horas começou o efeito. As dores lancinantes, os gritos, o desejo de morte, o arrependimento, tudo vinha à tona em suas emoções mais turbulentas misturadas com dor física, arrependimento e dor moral. Tremia muito e seu corpo ficou gélido, quando de repente houve um estouro de sangue em seu lençol. Ela começou a sangrar e eu nunca tinha imagina a quantidade que um corpo contém de sangue. A levei ao banheiro e deixei ela ali, com dores, contrações e sangramentos até que desceu o feto. O lugar todo fedia sangue e eu estava enjoado, mas desde o momento que o feto caiu no vaso sanitário, os gritos e a dor cessaram dando lugar a uma fraqueza extrema. Levei ela ao quarto, a deitei novamente e permiti que descansasse, estava exaurida.

Fiquei sozinho na madrugada temendo pela vida daquela mulher, cercado de sangue por todos os lados e o pior, um feto morto no vaso sanitário. Devia ter uns três meses já, tinha uma cabeça enorme, pés e mãos formados, já parecia um bebê em tudo. Talvez fosse até possível ver se era menino ou menina, mas minha coragem não chegou a tanto. Para levar a cabo um aborto, o abortante nunca deve admitir, conceber ou atribuir que aquele pedaço de carne em formação é um ser humano. É só um amontoado de micro células, acéfalo, sem sentimentos, é menos que um boi que abatamos e consumimos em churrasco. Dei descarga com horror. Não com horror ao feto, mas horror de mim mesmo. Lavei todo o sangue, mas parece que o cheiro impregnara o lugar. Depois de algum tempo percebi que o cheiro tinha saído do apartamento devido ao excesso de sabão que usei. Saiu das minhas roupas, da minha pela, mas permaneceu no meu nariz. Tudo, absolutamente tudo tinha cheiro de sangue. E não sei por quanto tempo isso durou. Passou depois que eu já tinha acostumado.

Sentir ódio nunca pode ser considerado um sentimento digno, nobre ou que renda bons frutos. Sinto que o ódio é menosprezado, solitário, incompreendido. Como podem hostilizar um sentimento que faz parte do ser humano de forma tão natural quanto a necessidade de dormir. O ódio é quase fisiológico, é instintivo e muito verdadeiro. Confio mais na verdade do ódio do que na verdade do amor. Parece que o amor é uma peça de mau gosto. Uma piada que fazem para que as pessoas não se sintam tão animalizadas, brutalizadas na sua intimidade. Mas a verdade está no ódio, no desejo de destruição do outro para que prevaleça o nosso desejo de sobrevivência. Não é importante a fome do outro desde que nossa fome seja saciada e não tem nenhum valor o trabalho escravo se esse é feito para que mantenhamos os sustentos dos nossos prazeres. Que importa se aquele que vende sexo está feliz, triste ou tenha qualquer emoção. Ele é desprezível para o corpo que o consome. Ninguém chora o cadáver da vaca quando se come um bife.

Nenhum carnívoro pensa nos sentimentos da vaca pelo seu bezerro quando rouba dela o leite que alimentará os filhos dos outros animais humanos. Ninguém reclama do aborto quanto estrala ovos na frigideira ou os quebram para fazer bolos. Só vidas humanas importam? Por que? Uma amiga me disse: "ele é só um gato" quando me viu comprando ração super premium em um pet shop. Se eu podia naquele momento oferecer a ração mais cara do mercado para a nutrição do meu gato vira-lata enquanto ela mau podia pagar a conta do seu cartão de crédito tem que relevância para mim? Meu gato importa, ela não, ou melhor: ela importa menos. O que o gato dá a mim em conforto à minha solidão, aquela pessoa que o menospreza me nega para oferecer seu afeto a qualquer outra pessoa de sua preferência. E me diz soberba: "ele é só um gato!"

O só não é só quando se está sozinho. Ele tem formas assustadoras e caminham durante a noite pela casa fazendo ruídos e falando coisas as vezes tão desconexas, que chegam até a fazer sentido. O só nunca está sozinho. Ele está acompanhado de uma solidão latente, pulsante, alucinante, e porque não, viciante. O só é como um abraço ou uma condição tão natural a aquele que a vive que nunca se pergunta porque estar só é tão condenável. Eu preciso sair às ruas, ganhar dinheiro, pagar as contas. Vou ao mercado, olho as pessoas, falo com algumas, transo com outras, as ruas estão sempre cheias e volto para casa cansado. O trânsito é de matar e em um mundo eu estou desconexo, me fantasio de deus e brinco de faz de conta. E se todos começassem a cair mortos menos eu? Fantasio que se houver mais de uma encarnação e eu puder nascer de novo, quero nascer depois do apocalipse.

Como naqueles filmes sobre os pós apocalipses onde há um monte de gente morrendo, outras virando zumbis, mas crianças continuam nascendo. E mesmo com tantos vírus e probabilidades de morrer a cada saída, mesmo assim há crianças nascendo, famílias se formando. E daí se aquela cliente quis fazer um aborto, mas de mil pessoas medíocres continuarão nascendo enquanto houver mundo. E enquanto houver mundo haverão crianças. E enquanto houver crianças haverá a esperança, a crença de que o mundo poderá vir a ser um lugar melhor, mas na verdade, a grande maioria das pessoas que nascem serão medíocres e não farão nada que valha o seu nascimento. Por essa razão mastigo a carne da vaca e me delicio com um bom pedaço de frango assado porque sei que mais animais medíocres continuarão nascendo, morrendo e sendo consumidos. E falo de todos os animais, humanos e não humanos.

Então o que fará de mim um home e me diferenciará dos outros animais? O que fará meus anos vivo valer a pena? Ah claro, o amor. E claro que ele aconteceu. Uma professora disse um dia em sala de aula, meio ensinando, meio por casualidade, que na vida somente duas coisas são inevitáveis: o amor e a morte. Receio que ela esteja certa, pois a mim as duas coisas seriam infalíveis, ou falíveis, mas presentes. Eu estava no auge da minha carreira como garoto de programa, ganhando mais dinheiro que conseguia gastar. Na verdade, eu não sabia como gastar aquele dinheiro. Com se gasta o dinheiro que se ganha na prostituição? Eu não sabia, acreditava que era com boas roupas e boa comida, mas nunca me ocorreu que podia ser gasto com uma boa educação.

Voltando, eu estava no auge quando conheci a moça mais bonita da minha vida. O nome dela era Aline, tinha vinte quatro anos e um filho de 1 ano e 4 meses. Um bebê odioso, branquelo, insuportável que roubava de mim toda a atenção que eu queria dela. Eu não contava que aquela moça me notaria, muito menos me convidaria para um fim de semana com sua família na praia. De uma tacada virei bom moço e tinha que brincar e sorrir com o pirralho, ser gentil com a mãe dela e simpático com a irmã menor, que devia ter uns onze anos. Foi um final de semana que me comportei cm se comportaria um moço bem educado, de família respeitável, com noções básicas de cordialidade e mais genuíno amor pelo próximo. Não que eu falhasse nessas questões, ou fosse indigno dela, mas tudo em mim era fingido porque no fundo eu só queria estar a sós com ela. Sem aquela barulheira familiar e amolações com as indisposições digestivas de seu filho. Embora em meu âmago, os ímpetos eram de um verdadeiro canalha, aquela moça inspirou em mim um sentimento desconhecido. Eu à adorava, mas a única forma que eu sabia em demonstrar amor era através do sexo. E eu apenas queria oportunidades de lhe ser excepcional e dar a ela um prazer que eu mesmo não era capaz de sentir.

Aline foi o amor da minha vida, pelo menos era o que eu pensava naquele tempo. Saímos algumas vezes, conversávamos muito, mas o lado negro que eu nem reparava estar presente em mim todo o tempo começou a ficar muito evidente. Nossas conversas sempre giravam em torno de histórias tristes, traumas, infelicidades, infortúnios, como o caso do meu irmãozinho. Eu não tinha nada de interessantemente bom para contar. Tinha trajetória era marcada por tristezas e só de tristezas eu falava. Ela por sua vez era solidária, mas demorou anos para eu perceber que ninguém suporta por muito tempo uma pessoa triste.

Eu não tinha culpa de ser triste, eu até vivia alegre. Por um lado, pessoas tristes são cansativas aos outros e por outro, ser alegre era cansativo para mim. Mesmo assim nossa relação continuava... ia esfriando, íamos tornando amigos, uma merda de amigos, mas amigos. E de repente eu precisei fazer uma viagem de quatro meses. Eu precisava ficar com minha mãe por um empo. Quando fui pensei que seria para sempre, mas foi por quatro meses apenas. Eu não sabia que seria por tão pouco tempo e a vida seguia. Eu fui, trabalhei, cuidei de meus assuntos familiares e quando me tornei irrelevante decidi que voltaria para perto de Aline. Eu não conseguia esquece-la e estava cheio de planos de arrumar um emprego sério e começar uma família. Ia até assumir o fedelho dela e pensava que teríamos um filho só nosso. Que seríamos felizes.

Claro que num mundo tão aleatório quanto esse que vivemos, onde pessoas se cruzam todos os dias com histórias variadas e curiosas, manter o interesse de uma mulher por muito tempo é um feito homérico. Minha mediocridade não permite manter uma mulher interessada por muito tempo, principalmente dado todos os segredos que guardo para mim e a quantidade de dores a serem tratadas com terapia. (Odeio a palavra terapia!) E foi nesses encontros aleatórios com pessoas aleatórias em lugares aleatórios que Aline conhece Hermann, um dinamarquês lindo como um gato morto! Coincidentemente eles se conheceram enquanto eu trepava com um cliente, que choramingou o preço do programa depois de ter me levado à exaustão emocional por tentar satisfaze-lo. Hermann prendeu a atenção de Aline com a seguinte história:

"Na infância morei em uma linda casa branca no interior da Dinamarca. Esta infância é a base de toda minha vida, pois nela estavam as pessoas mais importantes que compõe a existência de um homem: mamãe, papai e minhas duas irmãs. (claro que tinha irmãs! Bons homens crescemm em casas cheia de mulheres, maus homens crescem entre as lembranças de homens mortos. Enfim...) As cores marcaram minhas lembranças com a marca da poesia, da música e dos momentos doces em que papai contava suas histórias de pescarias. As vezes, quando me encontro em meu caos mental, mantenho agarrado como se fosse minha própria sorte essas memórias simples de menino, porque sinto que isso é a minha segurança e que sempre me fará feliz. E pela inocência e descanso de preocupações das quais crianças como eu são poupadas, vivi a experiência jovem em íntimo contato com o feminino, com o puro, mas mantendo meus olhos sempre muito abertos, como de um lince. Uma sensibilidade apurada e instintiva, como a das mulheres. Eu disse à minha mãe, que sim, que a vida é assim, nem sempre feita de momentos felizs e o quão forte e crua podem ser as dores causadas por nossos próprios sentimentos egocêntricos, imaturos, mau educados. Ela me fez respirar o doce perfume do amor e prometer que u nunca seria um homem assim. Que o meu melhor é a elevação dos pensamentos, das emoções e que isso se conquista, não é algo natural do ser humano. É preciso aspiração para alcançar superioridade sobre si mesmo.

O desejo faz do homem um mendigo, não devo ceder a ele jamais. Eu já era homem e continuava sendo um filho. Um menino que não experimentou nada além da filosfia açucarada de mamãe. Tive que provar um pouco da minha própria dor, quando ela me acusou de egoísmo por não querer passar meu tempo com minhas irmãs. Mas o grande desperdício da minha vida foi me bastar naqueles confins de um país pacífico, silencioso e fácil de viver. Eu não era "real" até provar as misérias da vida, do carnal, da rejeição. Eu não era um homem "real" até ver a vida de outros homens que lutam por suas vidas longe das geleiras calmas e do ar puro. Eu queria a dor da vida, a emoção. Eu queria por escolha e exercício de liberdade."

Quanta beleza em suas palavras, quanta enrolação! A clássica conversa fiada, mas seguimos:

"Há muito tempo, muito tempo mesmo, quando ainda era uma criança, um tempo quando não conhecia os sentimentos de inveja, as vezes tento lembrar os sons dos passos da minha mãe e das pessoas que circulavam em nossa sala em noite de festas. Como são agora memórias pesadas, é possível que haja aqueles que riem sob peso da vida e desconhecimento do nosso destino. Que eles, como os mortos, falem novamente com vozes gentis e canções antigas serpenteará pelo Coro de Memórias. Mas também soarão palavras amargas, palavras pesadas, como sabem quem a fala. agitação amarga com a vida pesada.

Contaram-me a história de que a muito tempo atrás, quando a casa estava escura, depois de ter findado as recepções que meus pais organizaram à amigos, lá fora respingava sobre uma lama um floco de neve brilhante. Um visitante se perdeu em sua volta pra casa, outro simplesmente desapareceu, apenas Jhean, rapaz que trabalhava na manutenção dos jardins estava circulando a propriedade para tentar descobrir o que acontecia com nossos visitantes. Lá dentro, nós, as crianças, estávamos sentados a luz de anjos, sem dar uma palavra com terror psicológico de que qualquer movimento brusco poderia acordar o demônio das neves que devoraram os homens que ousaram sair na noite. Vimos alguém, que não eram nossos pais, vindo para dentro da casa e nos escondemos atrás das cortinas. Ninguém se deu conta da nossa presença porque mal respiravamos e foi quando nos damos conta, minhas irmãs e eu, de que era a voz de mamãe que falava. Mas não aquela voz natural, tranquila, habitatual. A voz dela tremia e a voz de Willian, um colega de trabalho de papai era quem conversava com ela.

Eles se sentaram e William pediu que mamãe cantasse. Serviu-se das bebidas de meu pai e partia para cima de minha mãe com força, imposição e desejo. Minha mãe e relutava e ao implorar que o outro se afastasse, assustou minha irmã menor que caiu em choro. Mamãe colocou-se a consola-la e foi assim que meu pai os flagrou. Willian explicou que a menina queria ouvir sua mãe cantar e que ele ficou ali tentado pela curiosidade. Mas ao cair no chão revoltou-se em tristeza e assim estavam. O que meu pai não entendeu foi a razão de ver o topo da cabeça de seus dois outros filhos escondidos atrás das cortinas, mas não ousou perguntar ou fazer alarde. Quando o mistério é grande o melhor é ser prudente. Não demorou muito para que Jhean gristasse e encontrasse os corpos. Meu pai largou todo o mistério de Willian, minha mãe, irmã e os filhos escondidos para acudir o pobre empregado que estava em choque. Dois cádavares se escondiam em nosso jardim, o do perdido e do desaparecido. Eram muitas as respostas a serem dadas à polícia naquela noite.

Já era quase de manhã quando toda a confusão foi encaminhada e as pessoas tiveram suas voltas para casa, angustiados, mas dentro dos limites que podiam suportar até aquele momento. Meu pai agradeceu muito o cuidado e atenção que Willian deu à nossa família durante aquela noite. O que não dava para saber é que desde aquele dia minha mãe mudou radicalmente em relação à família e em alguns meses nos abandonu paa viver com Willian.

O que o sucedido com os mortos no jardim, o assédio de Willian na mesma noite, o susto de minha irmãzinha, o nosso medo e instinto em ficarmos escondidos, a descoberta por nosso pai sobre nosso esconderijo poderia ter haver? Eu particularmente demorei muitos anos para entender e dar sentido às coisas. Minha mãe era uma prepadora de homens de e Willian era seu amante preferido. Foi por ordem dela, que Willian planejou e executou a morte dos outros dois jovens. Meu pai teria sido o próximo, mas perante o choro de minha irmãzinha, quando entrou na sala não pode ser esfaqueado por Willian na frente da menina. Todos pensavam que nós, os outros, estavamos dormindo e o fato de nosso pai não ter denunciado nosso esconderijo era para proteger a própria vida, caso Willian partisse para cima dele. Por algum motivo eles tinham como regra poupar as crianças de assistirem o assassinato dos pais. Pelo menos na minha família."

Era fascinada que Aline ouvia histórias como essas que mais me pareciam contos policiais, ou como dizem, lendas urbanas para causarem impacto ao ouvinte. Passaram a sair e ter muito dessas convensas onde Herman aparecia para ela como o dinamarquês herói, sofredor trágico, digno de uma peça de Shakespaere. Ele para ela era a reencarnação de Rei Lear e ela era quem, a princesa Ofélia? Que lástima vendo aqueles dois mergulharem na vil literatura, armada, mau traduzida, e forjada para fins sórdidos. E por hipocrisia do destino eu usava a sordidez dos homens para ganhar dinheiro. Um dia viajei novamente e fiquei três semanas em Porto Alegre. Quando voltei ela nem estava mais com Herman, mas Marcelo, um colega com quem eu saia as vezes para beber, falar, ri. Eu o considerava um grande camarada. Ambos se ofereçam para me buscar no aeroporto e quando cheguei estavam os dois com o pirralho, filho da Aline. Pareciam a família mais feliz do mundo e eu me vi sem lugar.

Passaram a tarde comigo, tiraram fotos, almoçamos, fomos a praia e até tolerei de boa o moleque. No fim do dia foram embora e fiquei em casa para descansar. Só no outro dia soube que tinham saído juntos à noite, passado a noite juntos e que aquela não teria sido a primeira vez. Fui humilhado de uma forma tão indescrítivel para mim. Tantas perguntas me vieram à cabeça, tipo: Por que me buscaram no aeroporto? Por que passaram a tarde comigo? Por que se portaram como amigos se já tinha a intenção de ficarem juntos? Mas a resposta é que eu era a desculpa para se reverem, se reencontrarem e estarem juntos. Eu era o elo que tinham em comum até aquele momento e me usaram para que se revissem e ficassem juntos. Resultado: perdi a mulher, o amigo e me perdi também.

Foi então que virei a página do meu livro e dei uma quinada na minha história. Eu não era um galã, nem era gay, um péssimo garoto de programa e ainda por cima um tanto introspectivo. Resolvi que entraria para o mercado de trabalho formal e me tornaria um homem digno de qualqur mulher. Até mesmo digno de se olhar no espelho. Foi assim, depois de passar um tempo procurando emprego, consegui uma colocação em um resort muito famoso do país, que aqui irei ocultar o nome para preservar a integridade das informações reveladas, mas também para que não me processem no futuro por denúncias de crimes ambientais.

Vou explicar brevemente a necessidade de vi em narrar aqui, a história de um local, mesclada com minha própria história. O motivo para mim é muito óbvio: foi lá que me fiz homem de verdade, que cresci de menino à adulto e pude presenciar essa maturidade evoluindo junto com os desastres causados por aqueles que me ensinaram a viver. Devido a muitos desastres naturais que vemos hoje em dia, consequência das agressões que o homem infringi ao meio ambiente, falo de uma comunidade conhecida turisticamente pelas belezas naturais e por ainda hoje, conservar muito a água da praia limpa e um certo nível de limpeza nas areias do mar. Porém, a comunidade está passando por modificações aceleradas desde a construção do famoso resort que fui trabalhar e que o responsável por transformar a comunidade de pescadores em mais um atrativo turístico de uma cidade até então bucólica.

Fiz uma pesquisa sobre a história local, costumes, pensamentos e desenvolvimento de uma sociedade em transformação. Aprendi a ver de novo a partir da própria realidade, observando, lendo e me informando sobre o que acontece e por quê. O que está por trás do movimento turístico e o que o mantêm. Informações que explicam esse processo e denunciam irregularidades estão ao alcance de todos os cidadãos, mas as dificuldades que encontrei é sobre a falta de consciência da população, a ganância de empresários e descaso político. A fonte da pesquisa são sites atuais, jornais, livros sobre a história e costumes, e também minha vivência de morador da comunidade. O objetivo de pesquisar a comunidade é denunciar crimes ambientais e esclarecer a importância da natureza em nossas vidas. Incentivar programas de educação ambiental e ajudar as pessoas a questionarem o que é bom ou não para a sociedade e para o indivíduo.

A COMUNIDADE MISTERIOSA REVELA-SE: A COMUNIDADE DO SANTINHO EM FLORIANÓPOLIS

A Praia do Santinho possui mar claro com fortes ondas, sendo ótima para o surf. Um dos grandes atrativos é o Museu Arqueológico ao Ar Livre que conta com um verdadeiro patrimônio histórico - as inscrições rupestres com cerca de 5 mil anos. Palco anual de vários campeonatos de surf, berçário das Baleias Francas, sendo também uma das fontes de renda de vários pescadores da comunidade. Situado numa área de um milhão de metros quadrados, que serviu de moradia de antigos povos indígenas, possui inscrições rupestres e museus arqueológicos ao ar livre, com uma RPPN (Reserva Particular do Patrimônio Natural), concedido ao resort Costão do Santinho, abrigando espécies nativas e raras da fauna e flora características da região. Conta também com dunas, lagoa de água doce e o Resort de praia dividindo espaço e atraindo muitos turistas.

Sabe-se que pelo menos três povos passaram por aqui até a chegada dos navegadores europeus. Os registros mais antigos pertencem a uma civilização pré-histórica conhecida como Homem do Sambaqui, que habitou o território catarinense há pelo menos 5.000 anos atrás. Na praia do Santinho encontram-se, nos costões que a cercam, os mais importantes sítios arqueológicos deixados por este povo pré-histórico na ilha de Santa Catarina, sendo que dois dos principais tornaram-se museus numa parceria entre o Resort e o Instituto do Patrimônio Histórico e Artístico Nacional - IPHAN.

O Santinho é cercado por uma Mata Atlântica de 200 mil metros quadrados, que deveriam ser preservados pelo resort, construído em 1990, sendo também motivo de grandes polêmicas ambientais. O Costão do Santinho preserva um pouco da história do local com o Museu ao Ar Livre, que foi inaugurado em novembro de 1997, sendo o primeiro do país. O Museu dos

Brunidores inaugurado em junho de 2002 apresenta um sítio arqueológico com grande variedade de rochas utilizadas no passado para a confecção de instrumentos e artefatos líticos, entre eles, os zoólitos (animais de pedra), pontas de lanças, machados, batedores e pesos para redes de pesca.

Apesar de essas inscrições serem mencionadas desde o século XIX, as primeiras pesquisas só começaram em 1958, quando João Alfredo Rohr fez um levantamento detalhado dos sítios arqueológicos da Ilha e seu entorno. Rohr era um jesuíta, professor do Colégio Catarinense, no qual chegou a ser Reitor e Diretor Geral. Interessado pela arqueologia iniciou o Museu do Homem do Sambaqui em 1964, localizado no mesmo colégio no centro da cidade. Em 1944, Pe. Rohr – que na época ainda não tinha se dedicado ao estudo da arqueologia – retirou da Praia do Santinho uma rocha com uma gravura de representação humana. Essa atitude gerou grande revolta na comunidade local e, posteriormente, opiniões divergentes entre os arqueólogos. Gravada em bloco de diabásio, de cor preta, a figura tinha 1,60 metro de altura e era motivo de culto local, colocavam-se velas em no seu "altar", de frente para o mar.

Na época, o sumiço do Santinho levou centenas de pessoas a uma passeata em frente ao Colégio Catarinense. Moradores da praia dos Ingleses percorreram mais de 35 quilômetros para exigir explicação dos governos estadual e municipal, e também da administração da escola. Naquele ano a pesca foi ruim e os devotos do Santinho atribuíram a culpa ao padre. Nessa confusão, o petroglifo sumiu e não foi mais localizado. Se o "santinho" não fosse motivo de um culto popular, ninguém teria prestado atenção em seu desaparecimento, como disse o Padre João Alfredo Rohr. Hoje em dia, é comum a população e os turistas atraírem-se por essas inscrições, representando um símbolo mágico, como se fosse um "tesouro perdido" - com grande apelo turístico.

Outro aspecto cultural da comunidade é a manutenção da pesca artesanal, principalmente a pesca da tainha, realizada entre os meses de maio e julho. A população é de origem açoriana, mas atualmente não há mais as mesmas características dos seus antepassados, pois com o crescimento do turismo na região houve muita imigração e os moradores hoje são de todas as regiões da América Latina. Mesmo com as transformações do tempo o

Santinho hoje mantém sua história, mas já não há a quem pertença. Suas riquezas viraram mercadorias nas mãos de empresários que se apropriaram do que na verdade é patrimônio da humanidade. Sua história manipulada, contada e preservada por mega empresários, dá à comunidade uma supervalorização de mercado e encarece o turismo na região. Os moradores que fazem realmente parte desse processo histórico, de formação e crescimento, tornam-se meros reféns: mãos de obras barata, dando suas vidas pelo sistema turístico capitalista.

Os moradores do Santinho são de origem açoriana, que viviam pesca e da caça. Depois de retirada da pedra com a figura de humanóide apenas arqueólogos se interessaram pela região com finalidade de estudos e pesquisas. Enquanto isso, os moradores locais, gente simples e com pouca instrução viviam batalhando o pão de cada dia. A comunidade povoada por pescadores açorianos tem características comuns a todos os de sua cultura espalhados pela ilha de SC. Além dos açorianos, há também italianos e alemães. No entanto, no Santinho a cultura mais marcante foi deixada pelos açorianos. O povo açoriano é muito simples, aprecia o trabalho e boa gastronomia, mantém suas tradições e tem por característica marcante a hospitalidade. Foram trazidos pelo governo português, que viu nesse povo o tipo ideal para povoar e colonizar a ilha, já que eles também eram ilhéus, o que facilitaria o processo. Sempre recebem bem um viajante, oferecendo o pouco ou quase nada que tem. Característica que com o passar do tempo, possa ter favorecido o crescimento do turismo nessa região.

Outra característica marcante na região do Santinho é a mistificação que há em torno da crença na figura de humanóide na pedra. Hoje é conhecida a população do Homem do Sambaqui, então é muito comum os moradores acreditar em fantasmas, magia, assombrações e contar muitas histórias fantasiosas em torno de alguns mitos antigos. Há algumas superstições que de certa forma, combina com o local e lhe dá ainda mais beleza, principalmente durante o inverno, quando o Santinho, sem turistas fica quase deserto. E tudo o que parece magia, tem aspecto de realidade até para os mais céticos. Isso ocorre devido à natureza próxima do ser humano, que no Santinho tornam-se uma coisa só.

A magia está presente na fantasia do povo ilhéu de várias formas. Seja nas estórias sobre a própria ilha, sobre seus antepassados e até na própria história da humanidade. Este é um dos fatores mais marcantes da cultura da ilha de SC. Mulheres que já praticavam o curandeirismo através de seus conhecimentos, herança dos Açores. Foi daí, segundo Franklin Cascaes que surgiu a ideia de bruxaria. Mas o povo vivia dividido entre a necessidade do mito, da fantasia, e do medo que isto lhe causava. Hoje em dia, há quase nada, do que era antes da construção do resort Costão do Santinho. A natureza do solo, a vida fácil e ilusória da pesca, as endemias e os preconceitos dos mais abastados contra os trabalhos braçais, também foram fatores responsáveis pelo quase nulo desenvolvimento da agricultura pela colonização açoriana no local.

A construção do condomínio chamou a atenção da mídia, do estado e do Brasil. O Costão do Santinho possui em média 850 funcionários e a oferta de emprego em toda a comunidade do Santinho é grande. Tanto no resort, quanto nas construções dos condomínios. Os moradores, já não vivem exclusivamente da pesca, mas sim do turismo, do comércio e dos empreendimentos imobiliários. Essa mudança na oferta de emprego gera uma atração e novos moradores para a comunidade. Hoje o Santinho tem pouco ou quase nada de suas características originais. Os moradores são na maioria, imigrantes de todas as regiões do Brasil, alguns até estrangeiros como argentinos e uruguaios que tem negócios e residências na comunidade. A gastronomia na comunidade é bem diversa e os moradores possuem toda uma infraestrutura para ter boa qualidade de vida no local. Embora muitos bares e restaurantes permaneçam fechados durante todo inverno, não faltam padarias, supermercados, farmácias, restaurantes, locadoras, saneamento básico e esses serviços até são melhores durante o inverno por haver menos movimento de pessoas no local.

Religiosidade é outro fator marcante e muito presente na comunidade. Muito embora o povoamento da comunidade do Santinho esteja ligado ao início da colonização da ilha, e já em 1881 tenha sido mandado construir, por um abastado lavrador do lugar, uma capela dedicada a Nossa Senhora dos Navegantes, o crescimento populacional da localidade e periferia encontrou desenvolvimento apenas com a explosão do fluxo turístico de toda a Ilha. Hoje a paróquia tem o nome de Sagrado Coração de Jesus e fica bem ao lado cemitério do bairro. A comunidade cresce inserida na natureza. Toda sua fauna e flora, pertence ao cotidiano do morador. Naturalmente existe o processo predatório, sendo homem o predador principal.

Nessa comunidade que vive tão próxima aos animais e plantas tão raros, a coleta de lixo e a reciclagem são fatos indispensáveis para um bom equilíbrio entre homem e natureza. Consumir é algo que parece tão legitimo ao homem, que raros são aqueles que se preocupam com as ações do seu dia-a-dia, que podem prejudicar o meio ambiente. Mas o que falta no Santinho é um projeto de conscientização. O resort Costão do Santinho possui estrutura e conta com profissionais que fazem esse trabalho junto à comunidade e aos turistas. O Santinho está cercado por problemas que vão além das questões ambientalistas, mas que nunca são sequer mencionados pela mídia, devendo ser questionado o porquê. Com a falta de educação, tempo livre para o lazer, excesso de trabalho, falta de perspectivas, os moradores e trabalhadores nem sempre estão envolvidos na lírica ilusão de um mundo feliz e paradisíaco. Esta é a visão que os turistas têm de quem mora na comunidade, quando na realidade, os moradores são semiescravos do turismo, a comunidade é um forte ponto de vendas de narcóticos e além da praia, não há opções de lazer.

Pelas ruas da comunidade, conversando com os moradores e comerciantes, é fácil notar a falta de interesse dessas pessoas em se apropriar de conhecimentos que as motive a lutar por seus direitos e patrimônios. O Santinho é uma comunidade que tem um só dono e senhor, e ele se chama Fernando Marcondes Mattos. Um homem pode ser dono de vários condomínios, mas nesse caso, os moradores têm a sensação de que esse homem não é apenas dono do resort e sim, da praia, das ruas e também dos próprios moradores. E ninguém se questiona o porquê, não há na comunidade nenhum sinal de posicionamento contrário a esse pensamento.

Atualmente não há facilidade de encontrar quem queira trabalhar no Santinho. Trabalhar no Santinho está relacionado a trabalho no resort Costão do Santinho. Os moradores locais já não querem isso para si por considerar o trabalho no local desumano. A oferta de emprego é muito maior que a demanda, mas felizmente o ecoturismo não depende exclusivamente do resort. Existem por todo o bairro ótimas pousadas e condomínios residências que são locados apenas nas temporadas. A pesca da tainha é uma atração à parte. A partir da primeira quinzena de maio, placas são fixadas nas praias informando a proibição da prática do surf em virtude da chegada dos cardumes de tainha. De acordo com os pescadores locais, o horário que a tainha chega à costa é por volta das 4 horas da manhã. É também neste horário que os chamados olheiros ou vigias sobem os costões da praia para observar a chegada e informar aos pescadores que aguardam na praia. Enfim, os moradores da comunidade do Santinho estão na constante dinâmica de transformação. O êxodo atinge os limites no fim da temporada, mas no início de uma nova, tudo recomeça. Tem sempre gente nova chegando para trabalhar e não ficam por muito tempo. O trabalho é temporário e intenso, o trânsito é péssimo, pois conta com uma única estrada de mão dupla. Mas o turismo cresce deliberadamente e isso é a razão para tanto movimento. Para os moradores oportunidades e para os imigrantes sonhadores é a esperança.

O caminho que liga a Praia de Moçambique à Praia do Santinho atravessa os costões da Ponta das Aranhas, Ponta do Lageado e Ponta do Calhau Miúdo no Morro das Aranhas, percorrendo áreas de pastos e capoeirinha. A trilha percorre áreas de costão; apresenta trechos alagados pelas nascentes de água do Morro das Aranhas, principalmente no seu trecho central. Nos trechos central e próximo à Praia do Santinho afloram seixos; próximo a Moçambique a trilha percorre a vegetação rasteira do costão. Em boa parte do terreno predominam gramíneas com a presença de algumas espécies arbustivas tais como a aroeira e a pitangueira. Em outras partes mais acima, encontra-se uma vegetação secundária em estágio médio de regeneração, em que se destaca a vassoura-vermelha (Dodonaea viscosa).

No terreno há um córrego e um pequeno curso d'agua em cujas vegetações ciliares foram observadas a ocorrência de corticeiras, baguaçús, aroeiras e figueiras-do-brejo. Na parte mais alta do terreno, na encosta do morro propriamente dita, a vegetação é característica de transição da Restinga Litorânea para a Floresta de Encosta Pluvial Atlântica. O Santinho conta com o apoio do projeto Floripamanhã, para a preservação das áreas de relevante interesse ecológico do Norte e parte do Leste da Ilha, como por exemplo, as dunas de Ingleses e Santinho, Lagoa do Jacaré, Morro dos Ingleses e Ilhas do Badejo e Mata-fome.

Sobre as dunas dos Ingleses e Santinho, tombadas como Patrimônio Natural do Município, existe a proposta de criação do Parque Natural Municipal das Dunas dos Ingleses e do Santinho feito pelo Legislativo. Necessita ainda ser complementada por estudo prévio e ampliada pelo estudo elaborado pelo Conselho Comunitário dos Ingleses.Sobre a criação de um corredor entre as dunas de Ingleses e Santinho, ficou definido que a proposta deve ser analisada criteriosamente pela FLORAM, inclusive devido à existência de projetos de construção já aprovados.

Caracterização Legal da Vegetação (Lei N° 4771/65). Por ser cortado por um córrego e um pequeno curso d'agua o terreno em questão possui consideravelmente área de preservação permanente, de conformidade com o item 1 da alínea "a", do art. 2° da lei n° 4.471/65, em duas faixas ao longo do corte dos cursos no terreno com 30 m de largura em cada margem, num total de 60 m de largura por faixa. O restante da vegetação, descrita no item anterior, está protegido pelas disposições do Decreto Federal n° 750/93.

RPPN Morro das Aranhas

Essa área de Mata Atlântica é composta por vegetação de restinga, floresta de encosta, dunas e lagoa de água doce. Posteriormente a sua fundação, foram realizados trabalhos de contenção do processo de erosão e sinalização das trilhas ecológicas, de educação ambiental e de recuperação de áreas degradadas com o plantio de árvores nativas. No ano de 1999 o Costão do Santinho Resort obteve o título de reconhecimento de Unidade de Conservação, na categoria RPPN - Reserva Particular do Patrimônio Natural, junto ao Ministério do Meio Ambiente e ao Instituto Brasileiro do Meio Ambiente e dos Recursos Naturais Renováveis - IBAMA. Dos 750.000 m² da área total do empreendimento, foram convergidos 441.600 m² para a RPPN denominada "Morro das Aranhas".

Reserva Particular do Patrimônio Natural possui 44 hectares de natureza preservada, com rica biodiversidade de mata atlântica. Um instrumento jurídico que proporciona à particulares criar áreas naturais com intuito de manter intacta a biodiversidade local. Em Florianópolis, o resort Costão do Santinho tem a tutela do Morro das Aranhas. O crescimento urbano e a pressão imobiliária têm atuado como elementos determinantes de alterações no perfil de ecossistemas costeiros. Neste contexto, as dunas existentes nas praias de Ingleses e Santinho constituem uma área de intenso processo de degradação, maiormente devido às atividades de pesca e turismo. A reversão deste quadro requer, por exemplo, a conscientização das comunidades locais, pescadores e moradores, como estratégia de atuação para a implementação de medidas eficazes, visando o desenvolvimento comunitário de forma sustentada.

Para coibir a realização de construções irregulares têm sido apontadas como medidas de curto prazo pela comunidade e UFSC, propiciando a melhoria das condições daquele ecossistema e o desenvolvimento da consciência ambiental. A urbanização, ao contrário das atividades agrícolas e florestais, não permite nenhum tipo de regeneração das condições originais, constituindo dessa forma um comprometimento definitivo dos ambientes naturais. Além do fato de que as áreas ainda preservadas ficam sujeitas a uma preocupante fragmentação de ambientes, que cada vez mais isolados entre si pelas estruturas urbanas, geram manchas verdes empobrecidas na sua diversidade de fauna e flora.

Outro assunto polêmico é o Licenciamento Ambiental. As recentes denúncias de corrupção envolvendo empresários, funcionários públicos e vereadores da Capital, deflagradas pela operação Moeda Verde, revelaram fragilidades nos processos de licenciamento. Os ambientalistas pretendem discutir alternativas para fortalecer o sistema. Questões que geram diferentes interpretações e muitos conflitos são as áreas protegidas. Os ambientalistas devem fortalecer o entendimento a respeito das diferentes categorias de unidades de conservação e as restrições de ocupação impostas por lei. Áreas de Preservação Permanente também deveriam receber tratamento especial do movimento.

A importância dos recursos naturais é fundamental para a melhoria da qualidade de vida dos presentes e futuras gerações. Os meios mais eficazes para preservação são através da criação de áreas protegidas para solucionar o dilema da fragmentação de habitats, sobrevivência de espécies da fauna e flora, afastando o perigo de extinção de várias espécies. Não importa o quanto se queira fugir, quem quer conhecer a comunidade do Santinho, sua economia, natureza, costumes, moradores e turistas vai cair no resort como "rato na ratoeira". Desde que foi construído em 1990, o Costão do Santinho é alvo de polêmicas, pois ao mesmo tempo em que se coloca em discussão a questão da preservação ambiental e da destruição ambiental, o resort cresce no Morro das Aranhas. Construído encima das pedras com prédios altos e que sobem morro adentro, contradiz com os temas do capítulo anterior, que defende as causas ambientais e a obrigação do resort em cumpri-la, já que tem a tutela da preservação do morro.

Fernando Marcondes de Mattos é o proprietário que está sempre envolvido em polêmicas ligadas às questões ambientais. No caso mais crítico, ocorrido em maio de 2007, Marcondes ficou 36 horas preso na carceragem da Polícia Federal em Florianópolis, suspeito de negociar licenças ambientais. A acusação envolve a liberação da licença de construção do Costão das Gaivotas, condomínio de 124 casas junto ao hotel, com inauguração prevista para dezembro de 2008. Marcondes tem 69 anos de idade, ele se diz perseguido, injustiçado, mas não parece temer outra briga de iguais proporções, já que está sempre na mídia passando informações de seus empreendimentos.Marcondes decidiu que uma boa forma de ganhar dinheiro seria com a exploração da costa catarinense -- que na época ainda era pouco aproveitada por grandes empresários de turismo.

O começo das polêmicas de Marcondes coincide justamente com sua projeção como empresário do ramo turístico. Sua maior adversária nas brigas ambientais é Analúcia Hartmann, procuradora da República em Santa Catarina. Uma investigação pedida por Analúcia paralisou as obras de ampliação do Costão do Santinho em 1997 por um ano. Seu objetivo era apurar denúncias de que o empreendimento estava derrubando áreas de preservação. Segundo ela, a pressão foi fundamental para que o Costão preservasse intocada parte da mata e mesmo dos registros arqueológicos do local. Em dezembro de 1997, Marcondes inaugurou um museu com inscrições rupestres feitas há 5 000 anos. O empreendimento também manteve cerca de 75% da mata, boa parte dela no morro das Aranhas, que possui cerca de 160 espécies de aves e diversas plantas nativas.

As licenças ambientais para a construção do Resort foram expedidas mesmo sem a apresentação dos estudos de impacto ambiental por parte do empreendedor. Mais curioso é que o projeto Costão do Santinho recebeu um tratamento especial na sua passagem pela FATMA. Na agência regional da Fundação, que cuida e administra os recursos naturais na capital, não há registros do projeto. Não é de se estranhar que as licenças ambientais para a execução do projeto tenham sido expedidas no tempo recorde de pouco mais de um mês após o pedido do licenciamento (ver histórico do licenciamento na FA TMA). Foram diversas as alterações que o projeto sofreu desde que foi apresentado aos orgãos públicos pela primeira vez. Em 1984, numa carta enviada ao então prefeito Cláudio Ávila da Silva - hoje presidente da Eletrosul - Fernando Marcondes de Mattos pedia atenção especial do Executivo ao projeto de construção de um hotel cinco estrelas e de um residencial com nove blocos na praia do Santinho. Nessa época não havia calçamento, linhas telefônicas, rede de água, nem rede de esgoto na referida praia.

Quanto ao sistema de tratamento de esgotos o decreto 316 fala apenas: O Complexo Turístico Costão do Santinho contará com sistemas próprios de infra-estrutura básica, sendo um sistema de abastecimento e tratamento de água e um sistema de esgotos. Tecnicamente iriam jogar o esgoto com 97% de tratamento no mar, mas está sendo infiltrado na areia. Com tantas atrações e honrarias era de esperar que o negócio estivesse em situação tão privilegiada quanto à localização do hotel. Pois não está. Fernando Marcondes, fundador do complexo, hoje, busca um comprador para o Costão do Santinho Turismo e Lazer, a empresa que administra o resort e dona das áreas comuns.

As dificuldades começaram há dois anos, com a prisão de Marcondes pela Polícia Federal. Segundo pessoas próximas a Marcondes, o caso diminuiu o interesse de investidores na compra de imóveis dos condomínios Costão das Gaivotas e Costão Golf, dois novos empreendimentos em implantação nas redondezas do resort. Apenas 60% dos 124 imóveis do projeto Gaivotas, por exemplo, foram comercializados desde o lançamento, há mais de dois anos. Além do desgaste provocado pelo caso, o Costão do Santinho foi afetado financeiramente por dois episódios recentes. O primeiro foram as fortes chuvas que mataram e desabrigaram centenas de pessoas em parte de Santa Catarina, em novembro de 2008. Em razão da tragédia, estima-se que 20% dos pacotes tenham sido cancelados pelos clientes para o verão de 2009. O segundo fator foi uma queda no movimento em razão da crise. Com a redução no número de hóspedes, a ocupação do Costão do Santinho no verão de 2009 foi de 60% -- cerca de 15% menor do que a registrada em 2008.

O movimento do Costão do Santinho para atrair um comprador ocorre em um dos momentos mais difíceis da história recente da indústria hoteleira mundial. Com a economia global em recessão e a falta de crédito, os compradores ficaram mais criteriosos na avaliação de investimentos e mais seletivos na escolha de projetos. Sobretudo no Brasil, que, depois da valorização do real, se tornou mais caro para os turistas brasileiros e estrangeiros. Em paralelo, a concorrência e a baixa ocupação dos quartos de hotéis disponíveis transformaram as redes hoteleiras do Brasil em um negócio de baixo retorno. Hoje, a taxa média de retorno dos empreendimentos hoteleiros no país varia de 12% a 14% ao ano, enquanto nos Estados Unidos, por exemplo, supera 25%.

Como num "buraco negro", nunca dá para parar de pensar nos impactos que o resort causa na sociedade, pois além do envolvimento ambiental, há questões políticas, trabalhistas, sociais, morais e até mesmo individuais que afetam toda população. O Costão nada mais é do que um produto tabelado, pronto e engarrafado do turismo; o custo da matéria prima, o lucro e o prejuízo. A proposta para a construção do condomínio Águas do Santinho visa, segundo pesquisas, contribuir com o meio ambiente e com a qualidade de habitabilidade dos moradores, funcionários e visitantes, agregando educação ambiental e economia de água e energia ao condomínio, o empreendimento Águas do Santinho Residence contemplará as seguintes ações de sustentabilidade: Água, Estação de Tratamento de Esgoto. Sistema de drenagem pluvial. Medição individual de água. Instalação de torneiras com acionamento automático nas áreas comuns. Captação e Reuso das águas pluviais nas (bacias sanitárias, irrigação de jardins, etc...). Energia, instalação de sensores de presença nas áreas comuns. Instalação de lâmpadas econômicas nas áreas comuns. Elevadores com baixo consumo de energia e baixo nível de ruído. Isolamento térmico em terraços e coberturas. Iluminação natural (janelas e portas janelas com grandes vãos). Materiais Utilização de materiais com reduzido custo de manutenção. Pavimentos permeáveis. Passarela de acesso à praia suspensa (ecológica). Gerenciamento dos resíduos durante a construção. Fundações executadas em estacas hélice contínua monitorada. Geral Preservação e conservação da biodiversidade. Paisagismo ecológico. Manual de gerenciamento ambiental para o condomínio. Preservação e conservação das áreas verdes.

A obra deverá ser entregue em condições de imediata habitabilidade, com ligações definitivas de água, esgoto e energia elétrica, em nome do condomínio. Deverão ser efetuados teste sem todas as instalações, assim como a efetivação de todas as vistorias dos serviços públicos, para a obtenção do certificado de conclusão da obra. A construção deve ser orientada por esse descritivo, com a observância de todos os projetos, atendendo a todas as normas técnicas brasileiras, normas legais e vigentes e as determinações da Prefeitura Municipal, CASAN, Vigilância Sanitária, FATMA, CELESC, Concessionária telefônica e Corpo de Bombeiros. A construção no momento, não tem informações que está sob alguma investigação e a propaganda de venda está alta na mídia. Durante a construção, a construtora Hantei, ostenta em grandes cartazes ao lado da obra, os artigos com as leis que autorizam a construção do condomínio no local e também cartazes do FATMA, mostrando sua autorização. Tudo em letras grandes e claras para que moradores e turistas vejam bem. Mas isso não basta para convencer, pois durante as obras, nada impede que os operários joguem resíduos de ciumento, calcário e pedregulhos diretamente no mar. O Ministério Público Federal em Santa Catarina propôs ação cautelar, com pedido de liminar, a fim de anular a Licença Ambiental Prévia (LAP) nº 194/GELAU/06 para o empreendimento da empresa Hantei Construções e Incorporações Ltda. Na ação, o MPF requer, ainda, a anulação de qualquer outra licença expedida pela Fundação do Meio Ambiente (Fatma) que tenha por base o referido imóvel, até o julgamento da ação principal. O condomínio está sob fiscalização da Hantei e não há informações que o Ipuf (Instituto de Planejamento Urbano em Florianópolis) está defendendo o local.

Sob investigação da Moeda Verde em SC, prisão de empresários, servidores públicos e políticos envolvidos num esquema que, segundo a Polícia Federal, permitia a construção irregular de grandes empreendimentos na Capital tornou público o nível de pressão a que estão submetidos os espaços ainda preservados da cidade. Dos 424,2 km2 da Ilha, cerca de 40% são constituídos por áreas protegidas pela legislação ambiental, onde não é permitido construir. Essas áreas sofrem pressão por serem, geralmente, as mais cobiçadas para empreendimentos imobiliários e turísticos, em razão da localização privilegiada. Nas encostas, as ocupações irregulares por favelas são o maior problema, pois se por um lado há controle de onde será a construção dos condomínios, por outro, a população levanta suas moradias, onde melhor lhe convir.

Grandes empreendimento recentes na Capital foram embargados, sofreram atrasos ou continuam sendo questionados na Justiça Federal com base em leis ambientais. Vilas do Santinho é um deles. A obra, a cargo da construtora Magno Martins, também é questionada na Justiça Federal por afetar áreas de preservação ambiental. O dono da construtora, Aurélio Paladini, também foi detido na operação. O residencial Vilas do Santinho, que também foi alvo da PF, já teve compradores para todos os apartamentos de uma de suas cinco alas. A operação resultou no indiciamento do prefeito Dário Berger (PMDB), de três ex-secretários da Prefeitura de Florianópolis, de ex-diretores e funcionários de órgãos ambientais estaduais e municipais e de dez empresários. O mandato de dois vereadores foi cassado. Berger foi acusado de atuar a favor de uma lei que beneficiaria hotéis.

A lei chama-se Lei dos hotéis, norma 270/07. Como um dos inquéritos envolvia o prefeito, o conjunto de denúncias foi encaminhado no fim do ano 2009 ao Tribunal Regional Federal da 4ª Região. Os juízes ainda analisam o recebimento dos processos. Para a presidente da ONG Floripamanhã, Anita Pires, uma legislação confusa, aliada à falta de capacidade técnica e de coordenação entre os órgãos públicos ambientais do município, Estado e União, dificulta investimentos em áreas turísticas e estimula esquemas de corrupção como o investigado pela Polícia Federal. Para a empresária, há vários problemas a serem atacados ao mesmo tempo, mas é necessário que a sociedade civil, e não só os órgãos públicos, mude sua postura diante destes casos.

Felipe Marcondes de Mattos, 32 anos, assume a presidência da COSTÃOVILLE Empreendimentos Imobiliários. Sucede a Fernando Marcondes de Mattos. Há dois anos é membro do Conselho de Administração da COSTÃOVILLE. A COSTÃOVILLE é uma incorporadora com 19 anos de existência, 900 unidades habitacionais entregues e 120 em execução e outras 300 às vésperas do lançamento, totalizando 250 mil metros quadrados de área construída. Atualmente a COSTÃOVILLE está incorporando o Costão Golf – um condomínio residencial dentro do único campo de golfe de Florianópolis – e o Costão das Gaivotas – um residencial de apartamentos na praia do Santinho, a 400 metros do Costão do Santinho Resort. O Estudo de Impacto Ambiental (EIA/RIMA), necessário para a liberação da obra, foi realizado pela empresa Caruso Jr. Estudos Ambientais Ltda, a serviço do empreendimento.

A camada de areia porosa e extremamente permeável de 80 metros que separa a superfície e o reservatório de água pode ser contaminada, e prejudicar as 130 mil pessoas que vivem na região. Se o lençol freático for poluído, não será possível recuperá-lo.

Tendo em vista a gravidade da situação, o Ministério Público Federal, juntamente com as organizações Aliança Nativa e Luzes da Ilha, entrou com uma ação civil pública em abril de 2005, solicitando a paralisação da obra e a revogação da Licença Ambiental. Em julho de 2006, a Procuradoria do Estado de Santa Catarina entrou com um agravo de instrumento questionando a instância da ação. No entendimento do governo de SC, a competência para julgar a ação é de competência estadual.

A Polícia Federal suspeita que tenha havido troca de favores entre Marcondes e André Dadam, funcionário da Fatma que se candidatou a deputado estadual em 2006 e recebeu a doação de R$ 8 mil do empresário. A obra investigada nessa operação foram as Vilas do Santinho, mas há possibilidade de que o Costão Golf também tenha se beneficiado com esse esquema de corrupção. A comunidade está passando por grandes mudanças rápidas e drásticas desde setembro de 2008, quando aconteceu o WTTC em Florianópolis. Houve um disparo na reforma da estrada principal, calçada, limpeza das ruas, sinalizações, etc... Em poucos dias, o bairro não parecia o mesmo e o governador Luiz Henrique da Silveira foi alvo das melhores piadas contados pelos moradores da comunidade e trabalhadores do Costão do Santinho. Afinal de contas, o presidente viria e algum "serviço teria que ser mostrado". As primeiras grandes mudanças podem ser percebidas basicamente na revitalização da Estrada Vereador Onildo Lemos, que gradualmente vai ganhando pista dupla - um pouco de um lado, um pouco do outro.

É a ordem mínima chegando, lenta, mas firmemente, impondo-se pelos insistentes exemplos de uns, que vão forçando a submissão de outros a uma verdade do cotidiano: ninguém preserva o que não sabe conservar. O projeto completo da revitalização prevê alargamento e duplicação da pista de rolamento, implantação de recuos para ônibus, acostamento e passeio padronizado de pedestres. No entanto, grande parte das obras depende da cooperação da parcela de moradores que ocupa áreas ao longo da via, necessárias para a execução do projeto completo.   O manezinho Adenilton Santos, filho de pescador local e proprietário de uma pousada, disse que uma obra desse porte incomoda os moradores, ainda mais quando precisa ser feita de forma segmentada, que demanda um prazo muito maior do que o normal. Ele acha que essas primeiras intervenções foram feitas ainda na base da improvisação, para atender as necessidades imediatas do WTTC. Mas elas são um bom começo e vão servir como uma vitrine para estimular a comunidade. "O que o nosso balneário precisa é a duplicação de toda a estrada", complementou Adenilton.

Embora decepcionados e cada vez mais descrentes na justiça com a impunidade dos funcionários, empresários e políticos envolvidos na Operação Moeda Verde, a falta de um relatório de impacto ambiental no Villas do Santinho, por exemplo, tem provocado todo tipo de problema aos vizinhos da obra. Desde o desrespeito aos horários permitidos para o barulho ensurdecedor - trabalha-se até 20h30min ou mais e aos sábados até 15h, 16h e até 17h, tem tido queda de energia, provavelmente por causa dos equipamentos usados na obra. Para completar a tragédia à vizinhança, alguém decidiu colocar bancos em locais estratégicos na servidão que passa bem ao lado das casas.

Abrem -se perguntas: Existe estudo de viabilidade, alvarás de construção, habite-se da edificação? Qual tipo de tratamento de esgoto é adotado na residência? Diz Joice da Rosa do Conselho Comunitário do Santinho: "É preciso haver um mínimo de respostas certas, ou o rigor da lei só vale para "os outros". Antes das obras do residencial, a "servidão" Lucas Pedro Claudino era apenas um caminho irregular, de terra, de acesso à praia. Sobre as quedas de energia: é o preço que se paga pela incontrolável quantidade de gatos e gambiarras... entre outras coisas. Há uma supervalorização dos imóveis na comunidade. A ideia inicial, ou melhor dizendo, visionária do empresário Fernando Marcondes de Mattos, era exatamente essa, valorização do local. Ele teve essa ideia passeando pela praia, quando imaginou construir no Santinho, o hotel mais bonito do Brasil. Se o Costão é o hotel mais bonito do Brasil, há muita gente que discorde, mas o fato é que realmente a construção do mesmo, valorizou e continua valorizando as terras, aproximadamente 30% ao ano.

Morar no Santinho é um luxo, um privilégio e isso apenas para quem está disposto à pagar aluguéis caríssimos ou comprar imóveis com preços absurdos. É vantajoso morar no Santinho apenas para as classes mais abastadas, pois para quem depende de ônibus, é um local muito isolado, sem assistência médica próxima, os preços nos "mercadinhos" locais são mais caros, enfim, quem mora no Santinho normalmente trabalha no Costão ou tem imóveis que alugam para temporada, o que com certeza é uma grande fonte de renda. Em 2008 notou-se uma grande melhora na qualidade de vida no bairro e isso continua melhorando a cada ano. Os aluguéis estão subindo e a população está ainda mais diversificada. Estamos em meio ao processo da transformação do bairro, que está para se tornar uma grande potência turística da ilha.

No âmbito geral, o Santinho não foge da realidade que já existe em toda a ilha de SC. Apostar no investimento de imóveis é segundo pesquisas, seguro e comprovado. Investir em imóveis na capital catarinense, principalmente com o intuito de locação, nunca foi tão lucrativo. O ritmo acelerado da construção civil e o investimento do poder público em obras de infraestrutura trazem perspectiva de valorização imobiliária para muitas regiões de Florianópolis. Segundo o gerente de vendas da Brognoli Negócios Imobiliários, Marcos Alcauza, o investimento imobiliário tem o status de ser o mais seguro, pois valoriza sistematicamente ano a ano. E nas piores crises financeiras ou políticas é o investimento menos volátil. Alcauza complementa ainda que "além de sua valorização de capital, o imóvel proporciona rentabilidade mensal através de sua locação". Para complementar a afirmação, ele acrescenta um cálculo em que nas regiões com potencial imobiliário, o imóvel valoriza em média 12% ano. Somando uma rentabilidade locatícia de 6% ao ano, chega-se a 18%.

Para viabilizar ainda mais o negócio imobiliário, está em vigor desde 25 de janeiro de 2010 a lei do inquilinato. Pelas novas regras, logo na primeira notificação, a Justiça dará 30 dias para o inquilino deixar o imóvel. Nos contratos sem fiador ou seguro-fiança, o prazo cai para 15 dias. Até agora, os aluguéis sem garantia estavam sujeitos aos mesmos procedimentos que os demais tipos de contratos. Essa lei favorece ainda mais o negócio imobiliário, embora facilite para o inquilino a negociação de preços, a vantagem ainda está para os locatários.

Um acampamento é uma maneira de se socializar com amigos e desconhecidos, da mesma maneira que uma colônia de férias, ficando acampado em barracas e se reunindo com a turma.

É um ambiente propício para fazer fogueira, assar carne no espeto e fazer luau com um violão curtindo os sons da natureza. Fora que o custo de um acampamento com relação a uma hospedagem tradicional é enorme. Se o turista quiser visitar algum lugar e não quiser pagar hospedagem, acampar pode ser a solução. Os campings, normalmente são bem estruturados e possui infra estrutura de acampamento necessária para montar acampamento como banheiros, telefones públicos por perto e serviços médicos. O campismo é o lazer para quem procura contato direto com a natureza em todas as suas variações e é uma excelente opção para turismo e apoio a prática de esportes e eventos esportivos. O camping é uma área, estruturada em diversos níveis de sofisticação, apropriada para a prática do campismo. O Que é campismo?

O campismo é o lazer para quem procura contato direto com a natureza em todas as suas variações e é uma excelente opção para turismo e apoio a prática de esportes e eventos esportivos. O camping é uma área, estruturada em diversos níveis de sofisticação, apropriada para a prática do campismo. O campista utiliza os campings (particulares, clubes ou governamentais) para armar a sua barraca, estacionar o seu trailer ou motor-home, esporadicamente utilizar chalés disponíveis e aproveitar as férias e os fins de semana com a família, amigos e outros campistas.

O campismo é uma das opções de lazer mais democrática. Pode ser praticado por estudantes com baixo investimento, em campings mais simples ou em áreas de parques ecológicos municipais, estaduais e federais bem baratos e com segurança. O Santinho, por toda sua riqueza natural, possui cinco campings na estrada geral da comunidade. Na alta temporada, o movimento de turistas nesses campings é intenso. Os campings do Santinho são apreciados principalmente por jovens e surfistas, mas é comum famílias acamparem também, pois a proximidade com a natureza é a maior riqueza, conforto e bem-estar que os campings podem oferecer aos seus hóspedes.

Nesse contexto, totalmente fora da realidade do cotidiano, o turista pode viver experiências e ter oportunidades de enriquecimento interior, de exercer a liberdade, a compreensão mútua e a solidariedade, e de poder aprender aplicar um pouco de tudo isso no cotidiano. Movido pelo desejo de liberdade e independência, os campings são cada vez mais populares, pois sente-se livre da rotina e das obrigações, das regras às quais estão submetidos. A sensação de liberdade em contato direto com a natureza dá ao turista o domínio de si próprio e fazer o que quiser, mesmo que seja não fazer nada.

Preservar essas áreas, o ecoturismo e agradar esse perfil de turista é essencial para o desenvolvimento da comunidade, que embora esteja crescendo em sua economia, focando a classe média e alta, não pode esquecer que são suas riquezas naturais e paisagens paradisíacas a matéria-prima do seu produto. Preservar e melhorar os campings é um investimento tão importante quanto todos os outros já mencionados. Assim como os pequenos hotéis e pousadas, os campings também tem um importante papel no meio hoteleiro e no desenvolvimento da economia.

O público que opta por acampar normalmente é bem diferente daqueles que preferem os hotéis e todas as suas comodidades. Quem prefere os campings são pessoas com espírito de aventura. Pois toda a programação é feita pelo próprio turista e não há conforto, o que é uma característica de que os campistas são pessoas mais jovens e sem filhos. Claro que não é uma regra, sendo que várias famílias optam também por esse tipo de hospedagem. Para a comunidade do Santinho há várias opções de hospedagens e essas opções podem afetar ainda mais as características locais. O camping é uma maneira de preservar o meio ambiente e a cultura da comunidade.

A necessidade do turismo vem da submissão à economia. A economia reina soberana na nossa civilização. Ela é ao mesmo tempo, a força motora, o fim e o meio. Ela dita a conduta a adotar. A exploração dos recursos naturais, a escala dos valores do homem, e a política do Estado, caíram seu domínio e a ela estão subordinados. Do nascimento a morte, todas as atividades estão literalmente arriscadas a serem comercializadas.

Quer reconheçamos ou não, impelimos o desenvolvimento até os últimos redutos econômicos, sociais e ecológicos. A crise econômica, do trabalho, do ambiente, do Estado e a crise de valores que atingem um grande número de pessoas são mais do que simples acessos de fraquezas passageiras. O turismo dentro desse ponto de vista, é como uma "troca de homens", se pensarmos nas viagens, gerando um progresso científico e técnico de nova sociedade industrial. Quanto mais movimentação de homens, mais produção. Mais produção proporciona mais trabalho, mais trabalho proporciona mais receita, mais receita permite mais consumo, mais consumo necessita de mais produção.

O turismo, uma indústria de diversão e prazer, em expansão permanente, assume de forma completa a necessidade de lazer e de férias. É a indústria das agências de viagens, das empresas aéreas, ferroviárias, rodoviárias e marítimas; dos hotéis e alojamentos; dos restaurantes e alojamentos; dos restaurantes; dos estabelecimentos de diversão; etc. Cada um desses setores visa os melhores resultados financeiros e uma parcela maior do mercado. Todos usarão as mesmas armas nessa batalha e os mesmos meios para atingir os objetivos. O espaço rural, as mais belas culturas do nosso globo estão ao alcance de todos e cheio de promessas.

Tanto para as agências de viagens, quanto para os complexos hoteleiros, a razão da viagem não tem importância. O que lhes interessa é que a viagem seja empreendida. Visam, o crescimento, a curto prazo, do volume das vendas e não o desenvolvimento a longo prazo de um turismo harmonioso. Seria ingenuidade censura-las, pois agem de acordo com os princípios reconhecidos do livre comércio. Mas chegou a hora de determinar os limites dessa liberdade.

O importante para os hotéis é dar sempre uma impressão de exclusividade e um contraponto à realidade do mundo externo. Oferecendo sempre serviço que proporcione descontração, bem-estar, alegria, liberdade, prazer, repouso e espaço. Dar a impressão de imobilidade do tempo, relaxamento, assim como um certo romantismo, uma experiência especial e fora do comum. Algo que não pode ter na vida todos os dias.

Estando ou não, gostando ou não, concordando ou não, a comunidade do Santinho está fortemente vivenciando essa realidade, que não é exclusiva ao bairro, nem mesmo à cidade Florianópolis. É a realidade do turismo por si só, é universal. É a realidade do turista brasileiro que viaja para o estrangeiro e vice-versa. O turismo, na grande maioria das vezes, nada mais é do que apenas um lenitivo para o ego do indivíduo. Frequentemente estamos sendo bombardeados pela mídia e por todos os meios de comunicação por palavras como meio ambiente; sustentabilidade; responsabilidade social; ecologicamente correto; empresa sustentável e outras coisas que, para muitos de nós, ainda são de difícil assimilação e conceituação.

Dentro desta dificuldade; definir uma empresa sustentável é ainda um mistério para muitos consumidores preocupados com o tema. Afinal de contas, nem sempre são transparentes para os clientes os processos internos que transformar uma empresa comum numa empresa sustentável. O principal problema; é identificar o que vai além do marketing e da propaganda. O que realmente está sendo feito pela empresa "X" em busca da sustentabilidade e quais sinais podem significar que ela está no caminho certo.

Uma análise quatro pontos relativamente simples podem determinar se uma empresa sustentável realmente faz jus a esse título ou é apenas obra da propaganda barata e que deve ser execrada: O ponto inicial é acompanhar o noticiário sobre a empresa e perceber se há notícias de problemas financeiros ou dificuldades de caixa que a empresa venha atravessando. Se isso for uma constante em sua história; essa "empresa sustentável" pode ser sustentável só na fachada. Um outro ponto importantíssimo para definir uma empresa como sustentável; é saber como ela trata os seus funcionários e a comunidade onde ela está inserida ou atua. Os passivos trabalhistas são altos e frequentes? O pessoal trabalha em boas condições? A empresa realiza atividades ou ações ligadas ao bem estar da comunidade que a cerca? Ela se preocupa com os seus funcionários e com os seus consumidores? Novamente se a resposta for sim; a empresa é mesmo sustentável. Se não...

E, por fim, uma empresa sustentável atua num ramo de produção que é social e culturalmente aceito pelo ambiente humano em que está inserida. A ética das ações e a aceitação dos processos produtivos deve ser completa. Não é possível, por exemplo, dizer que uma empresa que atue com contrabando, seja uma empresa sustentável. Alguns exemplos de empresas ecologicamente corretas, reportagem de Rosenildo G. Ferreira, revista Dinheiro/599, focam o efeito estufa, ecologia, água, varejo e financiamento. Rosenildo fala das empresas de se pactuaram com o Protocolo de kyoto, (esse Protocolo tem como objetivo firmar acordos e discussões internacionais para conjuntamente estabelecer metas de redução na emissão de gases-estufa na atmosfera, principalmente por parte dos países industrializados, além de criar formas de desenvolvimento de maneira menos impactante àqueles países em pleno desenvolvimento) e investem para melhorar o aproveitamento da energia solar.

Consideradas as maiores consumidoras da madeira produzida na Amazônia, as indústrias de São Paulo resolveram unir forças para apoiar a exploração sustentável desse recurso. O principal instrumento é o programa Madeira Legal, que pretende impor regras, como a obrigatoriedade de certificados de origem, para a madeira utilizada no Estado. O trabalho será tocado com o governo estadual e municipal, além da ONG WWF-Brasil. São

Paulo absorve 15% da madeira produzida na Amazônia. A maior fatia é utilizada pelo setor da construção civil.

No Nordeste, o Ministério Público incentiva as redes de supermercados a reduzir à metade o uso de sacolas plásticas. Para incentivar a utilização de embalagens retornáveis, as principais redes de supermercados, vão remunerar os consumidores com um valor a partir de R$ 0,03, dependendo do número de itens comprados. O projeto piloto realizado no Recife, Salvador e agora na Paraíba resultou em R$ 35 mil em descontos e economia de um milhão de sacos plásticos.Como um dos principais ramos da atividade turística, a indústria hoteleira não poderia ficar indiferente ao desenvolvimento sustentável do turismo. Por isso os donos dos meios de hospedagem têm se preocupado cada vez mais em reduzir os impactos negativos gerados em suas operações.

Com o turismo, há um aumento significativo da população local em um curto espaço de tempo, o que gera uma maior demanda por serviços de infraestrutura básica como energia elétrica, abastecimento de água e a geração de resíduos sólidos. Os empreendimentos hoteleiros, ao utilizarem os recursos naturais, como água, energia e ao gerarem resíduos como lixo, efluentes líquidos, emissões de gases poluentes, causam significativo impacto ambiental negativo. Mas o que podemos fazer para minimizar estes impactos negativos na implantação e operacionalização de um empreendimento hoteleiro?

Ao iniciar um projeto de implementação de um hotel ou pousada, vários aspectos devem ser levados em consideração. Na realidade a implementação do empreendimento hoteleiro pode se dar de duas formas basicamente: uma delas é quando o empreendedor já possui o terreno em um determinado local e a outra é quando o empreendedor possui uma quantia para investir, mas ainda vai escolher o lugar.

Um dos diferenciais da busca da sustentabilidade ambiental é através da implementação de tecnologias limpas e de sistemas de gestão ambiental na hotelaria. Apesar de hoje a preocupação com meio ambiente ainda ser considerada diferencial no Brasil, a tendência é que se torne cada vez mais comum e até mesmo exigida pelos clientes. Existem hoje, técnicas arquitetônicas e de design que além de agredirem menos o meio ambiente também podem diminuir bastante alguns custos operacionais da hotelaria. O uso de energia limpa, o tratamento e reuso da água, a captação de água da chuva são alguns exemplos.

Os meios de hospedagem voltados para o turismo de natureza, por se localizarem em ecossistemas de grande fragilidade, devem obedecer a um código de ética que garanta o mínimo impacto ambiental. As edificações e instalações devem ter uma preocupação estética muito grande, pois os edifícios não devem sobressair, e sim o ambiente natural. Seu desenho arquitetônico deve buscar a harmonia e a interação entre o meio ambiente e as edificações, e deve expressar características locais (arquitetura local, materiais locais desde que não agridam o meio ambiente).

O planejamento do espaço físico do hotel tem que ser funcional, facilitando a execução dos serviços prestados pelo hotel e a circulação dos hóspedes e de seus funcionários. As edificações e instalações ecoturísticas facilitam também a implementação de um Sistema de Gestão Ambiental, já que é concebida para que haja um melhor aproveitamento da água e da energia. Existem muitos materiais e técnicas disponíveis hoje no mercado da construção civil, por isso, o empreendedor deve buscar a assessoria de um arquiteto e/ou engenheiro, procurando contratar profissionais que tenham conhecimento de materiais e técnicas ambientalmente corretas. O uso destas pode reduzir custos operacionais do hotel, diminuir a geração de poluição ambiental, contribuir para o conforto dos hóspedes e funcionários. Além disso, ao aplicá-las no hotel, essas técnicas e materiais podem ser usados como exemplos no programa de educação ambiental com hóspedes e funcionários do hotel.

Como o Homem do Sambaqui, é a população do Santinho hoje. Deixando suas marcas nas paredes dos novos condomínios, seus "artefatos líticos", para a posteridade. Diferente do Homem do Sambaqui, não poderão usufruir daquilo que constroem. Como os antepassados, morrerão e serão esquecidos, e os que se abrigarão debaixo dos tetos e entre as paredes dos novos e belos condomínios de hoje, olharão o sol de suas sacadas luxuosas e nunca saberão quem construiu tudo isso. E a história continuará sendo escrita, e o Santinho continuará sendo a comunidade mágica, de tesouros perdidos e pessoas esquecidas.

O turismo deve faz pensar que é uma vitória social que devemos reconhecer, que liberta a população da pobreza e proporciona a certeza estável de ter um teto acima da cabeça e de satisfazer as necessidades vitais. E ninguém está disposto a renunciar a isso. Através do turismo cada indivíduo tem a oportunidade de melhorar seu padrão material de vida, para isso se trabalha muito. Os moradores se incomodam com os turistas. Mas no fim de cada inverno, é por eles que esperam ansiosos, dependendo e vendendo, a nós, nossas famílias, nossos lares e saúde. Tudo para garantir um teto digno sobre nossas cabeças.

A comunidade do Santinho sofre com o desequilíbrio ecológico. Há um empobrecimento na biodiversidade, danos irreversíveis na fauna devido à ineficácia de ações dos órgãos ambientais no monitoramento e controle do uso de recursos naturais. O Morro das Aranhas é uma área de preservação da APA, mesmo assim, é visível o prejuízo na fauna quando os animais da região, desce do morro e misturam-se com os moradores da comunidade. Levantando assim a questão: Órgãos ambientais, federais, estaduais e municipais estão mesmo preocupados com o meio ambiente? Ou a natureza, para quem deveria defender, também é apenas mais um objeto de consumo, mantendo uma conservação superficial e de aparências?

Somos ao mesmo tempo soberanos e súditos, e como súditos conhecemos o sentimento da opressão, da obrigação, da pressão e da resistência. O turismo sofre o preconceito popular de quem sente invadido o seu espaço, mas o dinheiro compra a aceitação e resignação dos moradores. Deve-se refletir se isso é mesmo ruim ou se o turismo abre as portas para o desenvolvimento da sociedade e do meio ambiente. Abrir as portas para a mídia, mostrar os problemas pode ser positivo, o problema são os empresários que aproveitam das fragilidades do local para impor suas empresas, aproveitando também a carência de educação que muitos brasileiros sofrem, para explorar a mão de obra.

O mundo é racional, então devemos supor que tudo tem uma explicação racional. O que se esconde por trás dos grandes empreendimentos não é, nem será de conhecimento público. Mas cabe a população observar e refletir sobre do que o turismo vive. Que preço estamos pagando e se isso trará benefícios futuros. Acredito que o ser humano sempre encontrará um meio de superação, independentemente da situação que apresente. Diante dessa realidade, projetos de preservação e educação são a única maneira de conscientizar e educar a humanidade, para que possa evoluir em harmonia.

Depois de dissertar sobre um empreendimento turístico e seus impactos na natureza, resta responder o que isso tem haver com a minha formação pessoal de homem como indivíduo. E eu respondo: absolutamente TUDO. Essa pesquisa não se trata somente do quanto um milionário ganha, ou quantos pobres são explorados, nem se haverá uma boa praia no futuro. Trata-se de propósito! Absolutamente aquilo que não tinha e tudo o que via quando olhava aquela paisagem no um corpo vendável e na Aline, um amor impossível, tudo o que eu queria era me lançar das pedras mais altas para enquanto cair experimentar a sensação da minha própria morte. E quero encerrar minha história com o resultado de mais um amor fracassado. Essa que se chamava Luciana e era lésbica. Não tinha nenhuma atração por mim, mas se mantinha por perto. Dizia que eu era um bom amigo, mas na verdade vivíamos o conto da serpente, que mais tarde escrevi e lhe dei de presente. Compartilho aqui a minha revoltante carta:

"Todos os dias meu noivo vinha jantar comigo pontualmente às 19 horas em minha casa. Em um determinado dia chovia muito forte, chuva de verão. Ele me mandou uma mensagem no celular. Iria se atrasar meia hora. A mensagem era direta e sem muitas explicações, porém não estranhei, com tanta chuva era natural que o trânsito ficasse lento. Passou uma semana e ele não apareceu. Não ligou. Não mandou recado, nem mensagem, nem foi trabalhar. Fui à polícia, hospital e nada. Aproximadamente quinze dias se passaram, eu acabava de sair do banho quando vi que a tampa do ralo se levantava. Gelei de medo quando violentamente essa tampa saltou e dela saiu uma enorme serpente gelatinosa, raivosa e barulhenta. Sempre tive horror a répteis e senti que ia desfalecer. Foi então que a serpente nojenta me olhou nos olhos e eu vi. Era ele! Meu querido noivo.

Olhava-me com o mesmo olhar de sempre e eu pude perceber que em sua nova aparência, seus olhos eram as únicas coisas que não haviam mudado. Seus olhos caíram muito bem ao corpo de uma serpente e isso me fez perceber que nada havia realmente mudado. Quem estava ao meu lado era o ser real que eu nunca tinha conseguido ver nitidamente e agora estava tão claro. Habituei-me a ele e sua aparência de serpente com uma facilidade surpreendente, sentia que realmente tudo continuava igual. Lembrava-me de suas antigas promessas de amor e percebi que suas palavras sempre foram o sibilar de uma serpente. Seu toque pegajoso, a boca venenosa, o olhar frio e sua presença intimidadora, nada disso tinham mudado. Então voltei a minha rotina e continuava decidida a ficar com ele, só o casamento estava fora de questão, pois ninguém mais podia ver ele como eu via, daquela forma. Por isso meu noivo passou a viver comigo em minha casa.

O tempo passou tranquilamente, mas não demorou e aquela serpente me aterrorizava toda vez que eu entrava em casa. Comecei há passar mais tempo no trabalho, mas quando eu entrava pela porta, lá estava ela em posição de ataque. Língua de fora e olhar gélido. Eu a acalmava, beijava, acariciava, dizia que ia ficar tudo bem, mas sabia que no fundo meu sentimento tinha mudado. A serpente também sabia! Em uma noite cheguei do trabalho mais tarde, mas também mais cansada que o normal. Já me preocupava em ter que dar explicações à serpente e todos os favores que teria que fazer para receber seu perdão. Ao abrir a porta notei um silêncio profundo, fui para o quarto e a serpente estava em minha cama, dormindo. Tomei banhei, bebi um copo de leite e me deitei também. Após algumas horas de sono algo gelado e gosmento passeava dentro da minha blusa. Abri os olhos e no escuro vi o brilho da saliva da serpente que olhava fixamente com aqueles olhos que me habituara a ver, mas nunca enxerguei o que neles continham.

Seu corpo colado ao meu, seus dois dentes afiados, a língua de fora, o sibilar ensurdecedor e a verdade daqueles olhos. Olhos assassinos! Em um só golpe a serpente abocanhou meu pescoço e nele infiltrou todo o seu veneno. O veneno me penetrou, misturou-se ao meu sangue, arruinou as minhas vísceras e amargou meus sentimentos. Depois disso dormi por dias, quando acordei e me lembrei do acontecido fiquei surpresa por não estar morta. A serpente tinha sumido sem deixar vestígio e nunca mais soube dela. Levantei e estava me sentindo surpreendente bem. Limpei a casa, e queimei as roupas do noivo que ainda estavam no armário. Almocei e saí para caminhar na rua. No caminho encontrei um cachorro e chutei sua costela, sem motivo. Encontrei um senhor idoso e o empurrei na vala, sem motivo. Contei para minha vizinha que seu marido tinha uma amante no trabalho, queimei um gato vivo, pichei uma igreja e apontei o dedo para Deus. Tudo sem motivo! Voltei para casa satisfeita com minhas façanhas e pensei na serpente com a qual quase me casei. Pensei no terror que sua metamorfose me gerou à primeira vista. Agora me horrorizo com minha própria metamorfose.

O veneno que corre em minhas veias, amarga meu paladar e escurecem meus olhos, impedem que eu faça qualquer coisa boa. Porém com o pouco de lucidez que me resta, conto minha estória para que sirva como aviso: Não alimente serpentes. Se acontecer com você o mesmo que aconteceu comigo, não cometa o meu erro. Não seja condescendente com cobras. Mate-a seja ela quem for, mesmo que ela seja sua própria mãe. Todos os dias pessoas no mundo inteiro sofrem uma metamorfose terrível, mas na maioria das vezes essa metamorfose está nos olhos de quem a vê. Por isso tenha coragem de ficar cara a cara com o mal e mata-lo friamente. Ou faça isso ou ele mata você."

Assinado: Leonardo

Luciana sendo muito educada como sempre era, não ignorou meu texto maldoso e respondeu com um relato pessoal que me comoveu. E suas palavras:

"Precisei de muito tempo para absorver a sua carta (se posso dizer que já absorvi, talvez ainda não), mas acredito que foi por bons motivos. O que te contarei aqui é sobre o impacto que suas palavras tiveram sobre mim, minhas próprias experiências, vivências e crenças que alimentei ao longo da vida. Obviamente você é um homem extremamente inteligente e perspicaz e pelas minhas experiências em estudos literários, te comparo à Inês Arredondo, ou seja, você está para a escrita como Inês Arredondo está para a literatura.

O que vocês têm em comum é uma força moral e toda interior de colocar as mãos nas vísceras de um determinado tema, daqueles mais dolorosos. Revolver essas vísceras, expô-las e esmaga-las com as próprias mãos, sem nojo, sem vergonha ou medo. É mostrar o humano nu, em seu íntimo, desmistificar seus segredos e dizer em alto e bom tom: "Ei mulher, você mesma, grite! Sinta a dor e grite mais alto! Grite até que todos te ouçam! Grite com toda a força dos seus pulmões! Grite por você, por suas mães, por suas filhas..." Como eu já lhe disse uma ou duas vezes, seu texto é mais que um conto ficcional, é uma experiência de vida.

Quando comecei a ler, confesso, não tinha nenhuma expectativa. Logo ao entrar na caixa preta de minha mente já me envolvi em um misto de curiosidade, mistério e medo. Lembro que achei a metáfora da serpente, distante, perigosa, ditada numa cadeira e feições sérias, extremamente bonita e dramática. Desse momento em diante não pensei em mais nada. Fui completamente arrebatada pela performance de sua escrita . Não pensei em nada, não me chocou ou surpreendeu, apenas um vazio imenso se abria em meu íntimo. Foi como se a cada palavra sua eu fosse ficando mais oca, vazia e insensível. Perdi a noção do meu próprio corpo e só minha mente te acompanhava nas histórias, nas críticas, nas denúncias... eu era um fantasma ali.

Foi nos momentos finais que recuperei minha identidade e me dei conta do lugar e do espaço onde estava naquela terça-feira de agosto e todo o vazio que se abriu em mim naquela meia hora de leitura se tornou fatalmente consciente. Fatalmente porquê algo em mim tinha morrido, ou talvez eu tenha renascido de meu próprio útero e me reconhecido mulher. Sim! Pode parecer estranho, mas ao sair dali eu ascendi um outro nível de compreensão sobre mim mesma e sobre meu corpo. Lembro que pensei: "Merda, sou uma mulher! Como nunca me dei conta disso antes?". Lembrei da tão famosa frase de Simone de Beauvoir "não se nasce mulher, torna-se mulher" e acho que até aquele momento eu ainda não tinha me tornado mulher. Nasci menina, mas para meus pais isso não significava nada. Tanto fazia eu ser menina ou menino, minha liberdade nunca foi negada por questões de gênero. Ao me tornar adolescente e namorar uma amiga da escola, o rótulo "lésbica" foi tão agressivo, opressor e violento que me esqueci que para ser lésbica, era preciso ser mulher. A homossexualidade me envergonhava e me colocava em perigo na cidadezinha onde morava. Alguns homens queriam me ensinar "como ser uma mocinha", outro me agrediu fisicamente jogando garrafas de cerveja quando me neguei a beijá-lo, mas o mais doloroso foi quando ao lutar e conseguir fugir de uma tentativa de estrupo aos 16 anos, gritei para o agressor de longe: "vou contar para minha mãe" (eles eram amigos). O cara deu risada e disse que ele só fez aquilo a pedido da minha mãe. Obviamente não acreditei, mas ao contar para ela, minha mãe confirmou e disse com essas inesquecíveis palavras: "que eu precisava saber o quanto transar com um homem é bom antes de me decidir ser lésbica".

Bom, depois de tudo isso fui embora de casa, vivi as minhas próprias custas, tive namorados, descobri que não sou lésbica, apenas tenho uma sexualidade flexível, trabalhei muito, enfim... Uma vida cheia de percalços, mas minha dor íntima sempre esteve relacionada aos fatos que acabo de narrar, mas nunca ao fato de ser mulher. Nunca pensei que coisas ruins que me aconteciam eram por eu ser mulher. Muitos (as) que me conheceram na juventude se questionavam e me questionavam sobre minha solidão. Afinal uma moça de pouco mais de vinte anos que mora sozinha, longe da família, da cidade natal, sem namorado ou marido soava estranho (na época eu não estudava). Frequentemente suspeitavam que eu era secretamente prostituta, mesmo eu tendo trabalho fixo. Muitas vezes ouvi indiretas sobre isso, ou proibições de mães de amigas que alertavam suas filhas a não serem minhas amigas por eu ter uma vida duvidosa. Aquilo me ofendia, mas sempre, sempre eu atribuía ao fato de gostar de algumas meninas, às vezes.

Ao sair da imersão em seu texto precisei de um tempo. Andei e fui num banheiro onde é menos movimentado e chorei não sei por quanto tempo. Chorei por mim menina, por mim adolescente, por mim adulta, pelas minhas irmãs, primas e amigas que sofrem diariamente essa violência muitas vezes emudecida. Eu passei mais de trinta anos acreditando ser anormal enquanto a verdade era o fato era eu SER MULHER! Eu não me casava, não tinha filhos! Eu realmente acreditava que eu, somente eu, era a responsável pelas dores sofridas ao longo de minha vida. Você pode achar ridículo, mas eu não sabia que os homens me olhavam, me julgavam e me violentavam com perguntas e acusações. Não sei responder o motivo que me leva a gostar de crianças, mas não querer ser mãe.

Eu realmente não sabia que se eu estivesse com um rapaz e decidisse não fazer sexo, eu poderia dizer não. Só depois de te conhcer fui ler mais sobre feminismo, violência de gênero e descobri que fui estuprada mais de uma vez. Eu não sabia que ao transar com um cara e ele tirar o preservativo sem que eu percebesse e me engravidar era um atentado violento grave ao meu corpo. Eu realmente acreditava que merecia morrer na maca do hospital pelo médico (um homem) não acreditar que se tratava de aborto espontâneo e se recusar a me atender no plantão da madrugada. Eu sofri desde os 22 anos por ter abortado um feto que só descobri ser fruto de estupro 15 anos depois do ocorrido.

Embora hoje aos 38 anos esteja concluindo um mestrado, iniciando um doutorado, foi somente há dois anos que ascendi a consciência do que é ser mulher e do porquê demorei tanto para chegar até aqui. Passei anos me defendendo sozinha. Ao assistir sua apresentação, cada palavra e gesto falavam e atuavam dentro de mim. Você não me conhecia, mas eu interiorizei seu trabalho e sou muito grata por você ter cruzado o meu caminho. Foi providencial! Me sinto como uma das meninas santas cultuadas em Cariri e também um pouco como a Dilma. Atualmente, sem o frescor e a tentação que inspiram as adolescentes me sinto mais livre, mais segura, mais mulher. Porém a vulnerabilidade feminina já não me é estranha. É consciente e ser mulher é a minha força.

Graças a clareza que sua arte trouxe até mim decidi mudar o enfoque da minha pesquisa. Feminismo sim, feminismo sempre, mas quero falar com crianças. Quero contribuir pela educação empoderadora, libertadora e por isso "caí de amores" por Guerreiras Donzelas (texto infantl destinado a liberação sexual de meninos e meninas). Como eu disse, na sua carta você revolveu as vísceras humana, sem nojo ao sangue nem sensibilidade aos gritos de dor. Você se expressou e expôs a realidade crua, dura, fatal! Sua força, sensibilidade e inteligência faz de mim sua fã. E como desejo aprender mais contigo. Se houver qualquer coisa que eu possa fazer por ti, contribuir ou sei lá, tomar uma cerveja gelada num dia quente e conversar, quero que saiba que tens em mim uma amiga sempre leal, sempre grata e sempre aberta. Sinto que com sua contribuição posso caminhar passos mais largos e espalhar essa chama de força e empoderamento há muitas outras mulheres e meninas que vivem em regiões onde ainda são oprimidas e também às aquelas que estão ao nosso lado e não sabem que sofrem ou porquê sofrem."

Assinado: Luciana

Fiquei chocado com aquela resposta. Por que descobri que o que vivemos e a forma como nos vemos não é a mesma para as outras pessoas. É diferente para nós e diferente para cada um que nos vê. Somos o movimento da natureza enfim. Depois de fazer minha viagem interior e descobrir que seu patético para a Aline, que via nas mentiras e artificialidades do dinamarquês Hermann um grande herói, foi em uma amiga que me tornei herói. Isso porque quem sou e o que vivi, mesmo se não explícito, é captado e sentido por todos aqueles que se conectam a nós e conosco nos ensina e aprende a viver.

O JAMEL DE CADA DIA

Suspeito de estuprar homem que estava embriagado é preso no Tocantins

Um jovem de 28 anos foi preso em Caseara, suspeito de sequestrar e estuprar um homem que estava embriagado. O crime ocorreu em Araguacema. A prisão foi realizada nesta sexta-feira (2), em cumprimento a um mandado de prisão.

Segundo a Secretaria de Segurança Pública, o suspeito estava sendo monitorado pela polícia. O jovem foi detido quando estava em uma rua, perto da Delegacia de Polícia local. O homem foi levado para a Cadeia Pública de Araguacema.

Fonte: *https://g1.globo.com/to/tocantins/noticia/suspeito-de-estuprar-homem-que-estava-embriagado-e-preso-no-tocantins.ghtml*

Flagrado bêbado, policial é réu por estuprar grávida em ônibus

Policial militar de 30 anos, que foi preso ontem em Campo Grande por dirigir embriagado, é réu por estupro contra gestante que estava com quase nove meses. De acordo com as alegações finais do MPMS (Ministério Público de Mato Grosso do Sul), anexada no último dia 8 a processo que tramita na Vara da Justiça Militar Estadual, o crime aconteceu em setembro de 2019. Conforme o Código Penal é crime de estupro constranger alguém, mediante violência ou grave ameaça, a ter conjunção carnal ou a praticar ou permitir que com ele se pratique outro ato libidinoso. O MP pede a condenação por estupro.

O policial fardado e a gestante, que tinha 19 anos na ocasião, viajavam lado a lado em ônibus que partiu de Campo Grande. No Boletim de Ocorrência, a mulher afirma que a gestação era de risco e fazia viagens constantes do interior, onde mora, à Capital.

A viagem começou por volta das 23h e o policial fez perguntas sobre a gravidez, contando que tinha o sonho de ser pai, mas a sua esposa era dez anos mais velha do que ele e "ovulava pouco".

Na passagem por Sidrolândia, freada brusca do ônibus fez que com que a gestante comentasse sobre dor nas costas. O homem se prontificou a fazer massagem, mas ela disse que não.

Na sequência, o policial tentou passar a mão na perna da mulher, que afastou e colocou uma bolsa entre as pernas. O homem voltou a tentar tocar as partes íntimas da gestante, dessa vez tentando colocar a mão por debaixo da bolsa. Ele parou e a mulher conta que dormiu. A gestante acordou quando o ônibus se aproximava de Nioaque e viu que o homem usava a sua coberta.

Desta vez, ele tentou colocar a mão da mulher na sua genitália. Ela puxou a mão e o policial, então, começou a passar a mão na arma. A mulher se sentiu ameaçada enquanto o autor fez uma nova investida. Mais uma vez, colocou a mão da mulher em sua genitália, com o zíper aberto e tentava abrir as mãos da vítima, que mantinha o punho fechado.

Chorando, a mulher saiu da poltrona e foi pedir ajuda para o motorista do ônibus. O veículo estava na rodoviária de Nioaque. O policial questionou se a mulher estava triste com ele. Na sequência, desceu rapidamente e foi embora.

"Desceu correndo" - A gestante contou a uma passageira sobre o abuso, "o policial mexeu comigo", e a mulher acionou o motorista. "Foi por isso que ele desceu correndo", comentou o condutor, que antes, chegou a pedir que o policial ajudasse no socorro. A gestante seguiu a viagem e registrou o Boletim de Ocorrência em Porto Murtinho, no dia 24.

Dois dias depois da viagem, o policial fez contato com o comando de Nioaque, por meio de ligação para o celular pessoal do comandante, relatando que trocou carícias íntimas, mas de forma consensual com uma gestante. Diante da gravidade da denúncia, foi instaurado procedimento administrativo.

O policial foi interrogado em outubro de 2019 e negou o crime. Ele contou que comprou a passagem, pois a poltrona reservada aos policiais já estava ocupada. O policial afirma que a mulher perguntou sobre sua rotina de trabalho e também vida pessoal.

Ele comentou que a ex-noiva chegou a fazer tratamento para engravidar. Na sequência, a gestante lhe ofereceu um cobertor e ele dormiu até desembarcar em Nioaque.

Avisado por colega - No depoimento em juízo, o policial disse que a mulher o acariciou primeiro e houve toques consentidos. Depois, soube por um policial civil do registro do Boletim de Ocorrência e entrou em contato com o comandante.

Fonte: *https://www.campograndenews.com.br/brasil/cidades/flagrado-bebado-policial-e-reu-por-estuprar-gravida-em-onibus*

Homem chega bêbado em casa e estupra filha de 1 ano; mãe flagra cena e chama PM

Um homem de 28 anos foi preso por estupro de vulnerável neste fim de semana. Ele foi flagrado pela esposa estuprando a filha de ambos na madrugada de sábado (26), logo após chegar embriagado em casa, em Betim, na região metropolitana de Belo Horizonte. A mulher acionou a Polícia Militar, que deteve o suspeito.

Conforme relato da mulher de 25 anos às autoridades, o marido, de 28 anos, chegou em casa de madrugada embriagado, com forte hálito etílico e andar cambaleante. Prontamente, se deslocou para o banheiro, onde tomou banho e saiu apenas de toalha.

O rapaz deitou nu na cama, onde estava a filha do casal, de 1 ano. A mulher estava no mesmo cômodo e, de repente, alega ter ouvido o marido sussurrando para a criança. "Vem filha, vem chupar o papai", afirmou homem, sempre conforme relato da mãe da criança.

Assim que flagrou o crime, a mulher conseguiu interromper o ato libidinoso e agrediu o autor. Em seguida, pediu socorro e abrigo para familiares. Já na casa de parentes, acionou as autoridades. A PM flagrou o homem nu na cama, dormindo. Questionado, o suspeito afirmou que, após chegar em casa alcoolizado e tomar banho, não se recorda de nada mais.

Fonte: https://bhaz.com.br/2019/10/27/bebado-estupra-filha/#gref

Preso por tentar estuprar mulher debocha: "A gente faz cada loucura bêbado"

Mais um caso de violência sexual contra a mulher foi registrado em Minas Gerais. Desta vez, um homem de 46 anos foi preso após tentar estuprar a vizinha, dentro da casa dela, em Contagem, na Região Metropolitana de BH, no fim da manhã deste sábado (06/06).

Ao ser preso, com intensos sinais de embriaguez, ainda desdenhou do crime aos policiais militares: "A gente faz cada loucura bêbado", afirmou, ao colocar a culpa no álcool pelo crime. Ele, então, foi detido por estupro tentado e encaminhado à delegacia.

O homem invadiu a residência da vizinha, de 64 anos, no bairro Estaleiro, no fim da manhã. Com uma toalha, ele tentou sufocá-la e arrastá-la para o quarto com o intuito de cometer o crime sexual. Por sorte, a cena foi flagrada por vizinhos, que prontamente entraram na casa e interromperam o ato.

Fonte: https://www.metropoles.com/brasil/preso-por-tentar-estuprar-mulher-debocha-a-gente-faz-cada-loucura-bebado

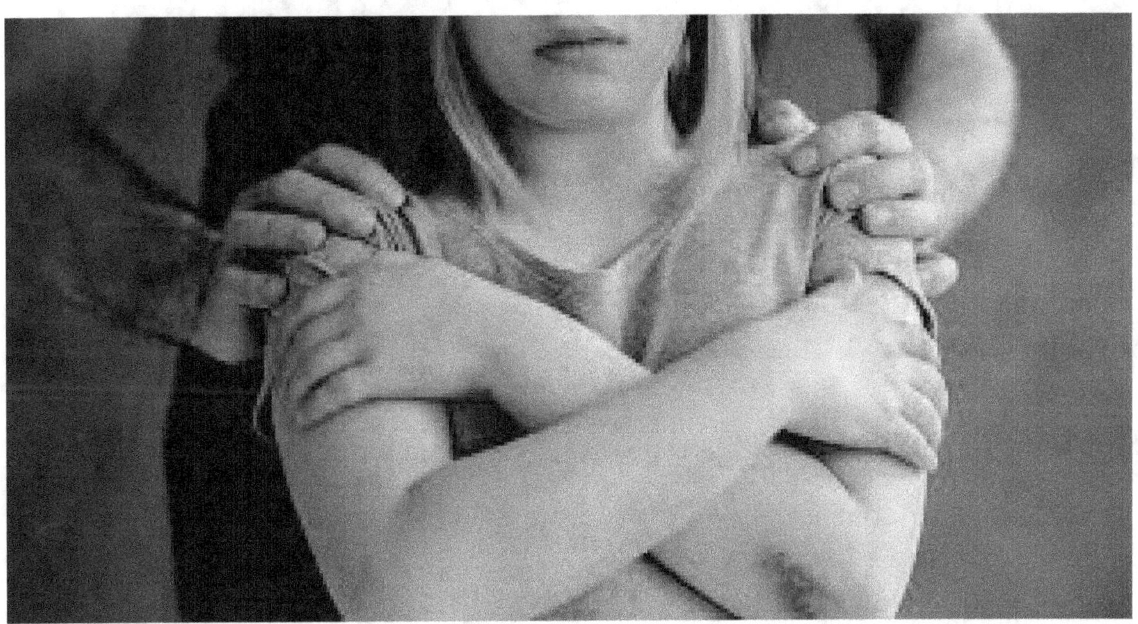

Bêbado, homem estupra enteada na frente da esposa em Manaus

Manaus/AM - Um homem de 38 anos foi preso nesse domingo (6), acusado de estuprar a enteada de 12 anos na casa onde morava com ela e a mãe, no bairro Gilberto Mestrinho, na Zona Leste.

Foi a própria esposa do suspeito quem acionou a viatura e contou aos policiais que o homem havia chegado bêbado e atacado a garota. A mulher afirma que ele partiu para cima da menor e passou as mãos com força em suas partes íntimas.

O acusado foi preso em flagrante e encaminhado à Delegacia Especializada em Proteção à Criança e ao Adolescente (Depca), ele vai responder por estupro de vulnerável.

Fonte: https://www.portaldoholanda.com.br/policial/bebado-homem-estupra-enteada-na-frente-da-esposa-em-manaus

Homem é preso por estuprar filha de 6 anos e diz que estava bêbado

Homem de 27 anos foi preso em flagrante pela Polícia Militar na manhã desta quinta-feira, em Antônio João, a 402 quilômetros, suspeito de estuprar a própria filha de apenas seis anos idade. Ele confessou que chegou embriagado em casa e que abusou sexualmente da criança.

De acordo com a PM, por voltas 21h50 de quarta-feira, a menina informou à mãe que o pai havia lhe violentado. Diante do relato, a mulher acionou a PM que foi ao local e fez rondas, mas não conseguiu localizar o homem. No entanto, as buscas foram retomadas hoje.

Nesta manhã, os policiais conseguiram localizá-lo próximo ao cemitério da cidade. Questionado a respeito dos fatos, ele assumiu o crime e disse pediu para que a criança o tocasse e em seguida ele a tocou em suas partes íntimas. Diante dos fatos, encaminhado à Delegacia de Polícia Civil.

Fonte: https://www.midiamax.com.br/policia/2019/homem-e-preso-por-estuprar-filha-de-6-anos-e-diz-que-estava-bebado

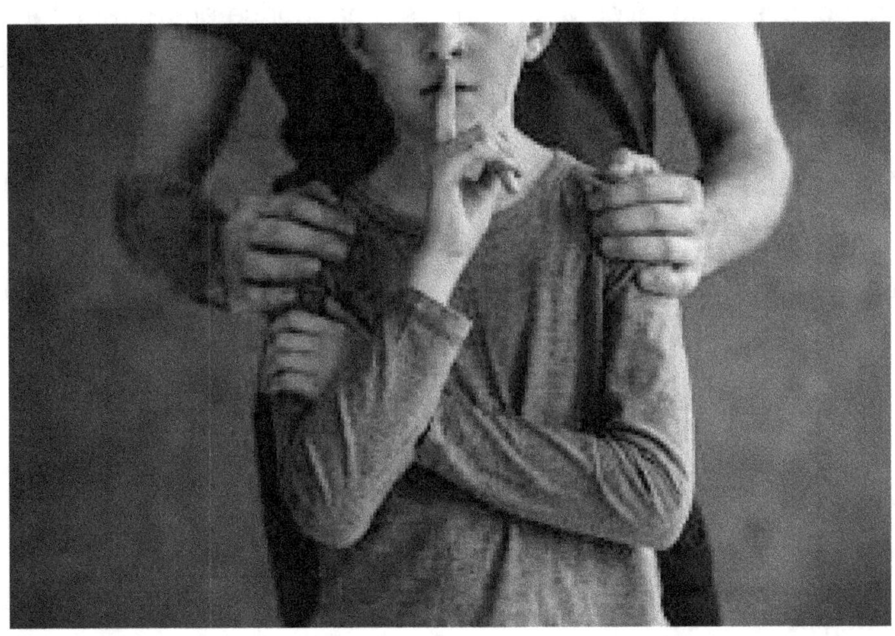

Preso suspeito de estuprar ao menos 5 homens no Rio com "Boa Noite Cinderela"

Um homem foi levado na sexta-feira (23) ao complexo penitenciário de Bangu, na zona oeste do Rio de Janeiro, por suspeita de estuprar pelo menos cinco homens nos municípios de Volta Redonda e Resende, no sul fluminense. O montador Márcio Souza de Gouveia, 41, aplicava o golpe conhecido como "Boa Noite Cinderela" para violentar sexualmente as vítimas.

Segundo a 93ª DP (Volta Redonda), onde o caso foi registrado, cinco casos de estupro registrados na distrital têm o montador como principal suspeito. Após ser preso na última quinta (22), ele confessou em depoimento os crimes e disse que o número é ainda maior: nove desde 2012, sendo sete em Volta Redonda e dois em Resende. Duas vítimas reconheceram Gouveia na delegacia. Para encontrar suas vítimas, de acordo com a polícia, ele rondava ruas de boates das cidades e oferecia ajuda a homens, sempre entre 20 e 40 anos, que saíam embriagados dos locais.

O montador aproveitava o descuido dos homens e colocava alta dose de antidepressivo na água oferecida, provocando confusão mental em quem ingeria a bebida. Ainda segundo a investigação policial, o último crime praticado pelo homem foi no dia 17 deste mês, quando sequestrou um estudante de 23 anos na saída de uma boate. Após dopar a vítima, ele tomou a direção do carro do jovem e o levou até a garagem da fábrica onde trabalhava. Ainda segundo a polícia, o jovem acordou apenas no final da noite e pediu socorro a um vigia da empresa quem ingeria a bebida.

Ainda segundo a investigação policial, o último crime praticado pelo homem foi no dia 17 deste mês, quando sequestrou um estudante de 23 anos na saída de uma boate. Após dopar a vítima, ele tomou a direção do carro do jovem e o levou até a garagem da fábrica onde trabalhava. Ainda segundo a polícia, o jovem acordou apenas no final da noite e pediu socorro a um vigia da empresa.

Fonte:https://noticias.uol.com.br/cotidiano/ultimas-noticias/2013/08/24/preso-suspeito-de-estuprar-ao-menos-5-homens-no-rio-com-boa-noite-cinderela.htm?cmpid

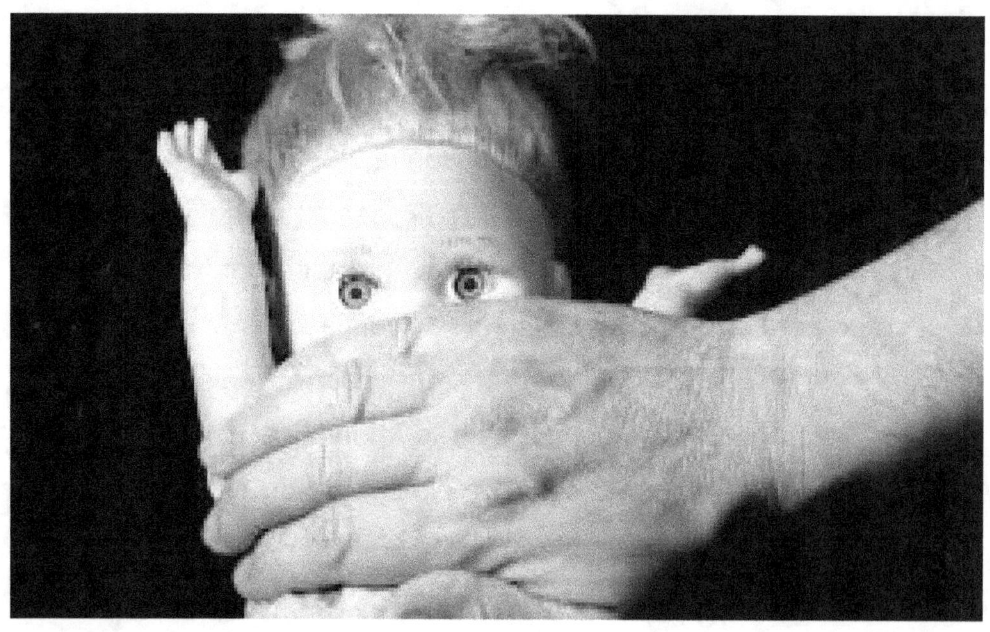

Governo federal registra uma ocorrência de abuso sexual infantil a cada meia hora

Desde a última semana, a notícia da menina de dez anos que engravidou após ser estuprada pelo tio em São Mateus, no Espírito Santo, tem alcançado repercussão nacional e levantado debates em toda a sociedade. Para a polícia, a criança relatou que sofria abusos há quatro anos. No entanto, o caso que evidencia a problemática da violência sexual infantil está longe de ser isolado. O balanço mais recente do **Disque 100** divulgado em maio deste ano pelo **Ministério da Mulher, da Família e dos Direitos Humanos,** referente a todo o ano de 2019, aponta 17 mil denúncias de violência sexual contra crianças e adolescentes, o que equivale a uma ocorrência a cada meia hora. Ainda de acordo com o levantamento, o crime acontece, em 73% dos casos, na casa da própria vítima ou do suspeito.

"Os estudos mostram que, na maioria das vezes, o abuso sexual é praticado por parentes e pessoas próximas à família. Os índices do crime estão aumentando durante o período da pandemia do novo coronavírus, já que os familiares permanecem muito mais tempo dentro de casa. A detecção da violência também foi dificultada com o isolamento social, pois as crianças deixaram de frequentar as escolas e outros ambientes onde poderiam pedir ajuda", explica a pediatra Loretta Campos. A médica ressalta a importância dos responsáveis se manterem sempre atentos aos adultos que fazem parte do cotidiano de suas crianças, sobretudo aos que se mantém "acima de qualquer suspeita".

O advogado Douglas Costa explica que, atualmente, o desafio enfrentado pelas vítimas que pretendem denunciar o abuso sexual é a própria sociedade que, muitas vezes, "protege os criminosos". "O problema é a falta de apoio dos familiares, amigos e da própria comunidade em que a criança está inserida. Muitos acobertam e defendem os abusadores porque estes podem ser pais, tios, avós, pastores, vizinhos... enfim, pessoas que têm a confiança da família." De acordo com os dados oficiais do governo, em 87% das denúncias, o suspeito é do sexo masculino e, em 62% dos casos, tem idade adulta entre 25 e 40 anos. "A violência sexual infantil é presente em todas as classes sociais no Brasil e possui números absurdos, já que, além dos casos registrados, há muita subnotificação. Geralmente os abusadores preferem crianças entre 5 e 10 anos, porque é mais fácil de coagir."

Neste sentido, a pediatra alerta os responsáveis para as alterações no comportamento das crianças que, por diversas vezes, atuam como canal de denúncia quando as vítimas não conseguem verbalizar a situação traumática. "As mudanças de temperamento devido à violência sexual costumam acontecer de maneira abrupta, rápida, de um dia para o outro. Por exemplo, comportamentos agressivos, adoção de hábitos mais infantilizadas, mudanças de postura em relação a pessoas específicas, manifestações de vergonha ou medo, introspecção, problemas com o sono, queda de rendimento em sala de aula, falta de concentração e, até mesmo, a automutilação são sinais que podem indicar situações de abuso infantil." Mesmo em vítimas muito jovens, o crime é capaz de deixar marcas profundas que os acompanharão por toda a vida.

A problemática do assédio sexual ainda representa um enorme desafio a ser superado pelas esferas política e social. Porém, o advogado Costa esclarece que as leis brasileiras estão de acordo com o que há de mais moderno no mundo relacionado ao combate da violência contra a criança e o adolescente. "Atualmente toda a legislação criminal, em especial o Código Penal e o Estatuto da Criança e do Adolescente, o ECA, tratam da questão e dão a ela a formatação jurídica. Não necessitamos de mudança na lei, mas em sua aplicabilidade, como maior velocidade de apuração das ocorrências e melhor atuação do judiciário", conclui.

Fonte: *https://jovempan.com.br/noticias/brasil/governo-federal-registra-uma-ocorrencia-de-abuso-sexual-infantil-a-cada-meia-hora.html*

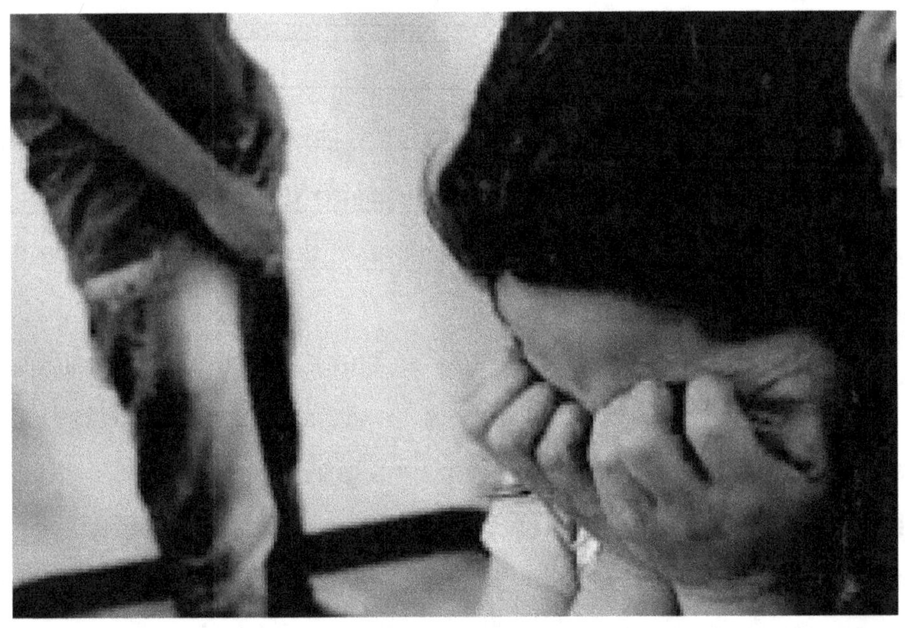

Casos de violência e abusos sexuais contra crianças e adolescentes geram preocupação durante a pandemia

Os números de abusos físicos e sexuais contra crianças e adolescentes estão aumentando no Tocantins. Só que a maioria dos casos passa despercebida até a vítima mostrar mudanças de comportamento ou sinais de violência.

Dados da Secretaria de Estado da Segurança Pública (SSP) apontam que entre a segunda quinzena de março e primeira quinzena de abril deste ano, no início da pandemia de coronavírus, foram registrados 30 casos de violências contra crianças.

Em todo ano de 2019, segundo os dados, 2.050 crianças de até 12 anos sofreram algum tipo de violência. O gênero feminino lidera esta estatística com 1.172 casos, contra 878 do masculino.

"Com a pandemia e toda a desestabilização que ela causou, os grupos vulneráveis ficaram, de fato, ainda mais expostos à violência dentro de casa.

Em relação às crianças e adolescentes, por exemplo, ao não estarem nas escolas diante dos olhos atentos de professores e de outros agentes se tornou ainda mais difícil perceber essas lesões corporais, mudanças bruscas de comportamento que pudessem indicar algum desajuste", disse a defensora Fabiana Razera.

Outro levantamento da SSP mostra que entre janeiro e maio de 2020 foram 180 registros de estupro de vulnerável, que inclui abusos sexuais contra crianças e adolescentes menores de 14 anos. Nesse mesmo período em 2019 foram 176 registros.

Esse ano, casos estão ganhando repercussão. Em Nova Olinda no norte do estado**, um homem de 45 anos foi preso suspeito de abusar da própria filha, uma menina de 11 anos.** O tio da menina e dois amigos da família também teriam estuprado a menina.

A médica Pollyana Macedo conta que a criança vítima de violência sexual sofre inúmeras consequências negativas. A situação das meninas pode ser ainda mais grave caso o estupro resulte em uma gravidez.

"Além do problema emocional que causa, pode trazer também desenvolver a puberdade antes do momento porque é estimulada antes da hora. As consequências negativas de uma gravidez na adolescência, de uma menina muito nova, é risco até de morte", disse.

A sociedade deve ficar vigilante sobre as situações de abuso, pois a maioria acontece no ambiente familiar. Denúncias podem ser feitas pelo 180 e também nos órgãos de proteção de defesa dos direitos da criança e do adolescente.

"A Defensoria Pública também possui um protocolo de atendimento específico para esse tipo de caso através do WhatsApp 3218-1615, que é a campanha Você não está Só. Os esclarecimentos necessários são dados e adotadas todas as medidas para a proteção dessa vítima", disse a defensora.

Fonte: https://g1.globo.com/to/tocantins/noticia/2020/08/19/casos-de-violencia-e-abusos-sexuais-contra-criancas-e-adolescentes-geram-preocupacao-durante-a-pandemia.ghtml

SE VOCÊ NÃO DENUNCIA, VOCÊ É CÚMPLICE!

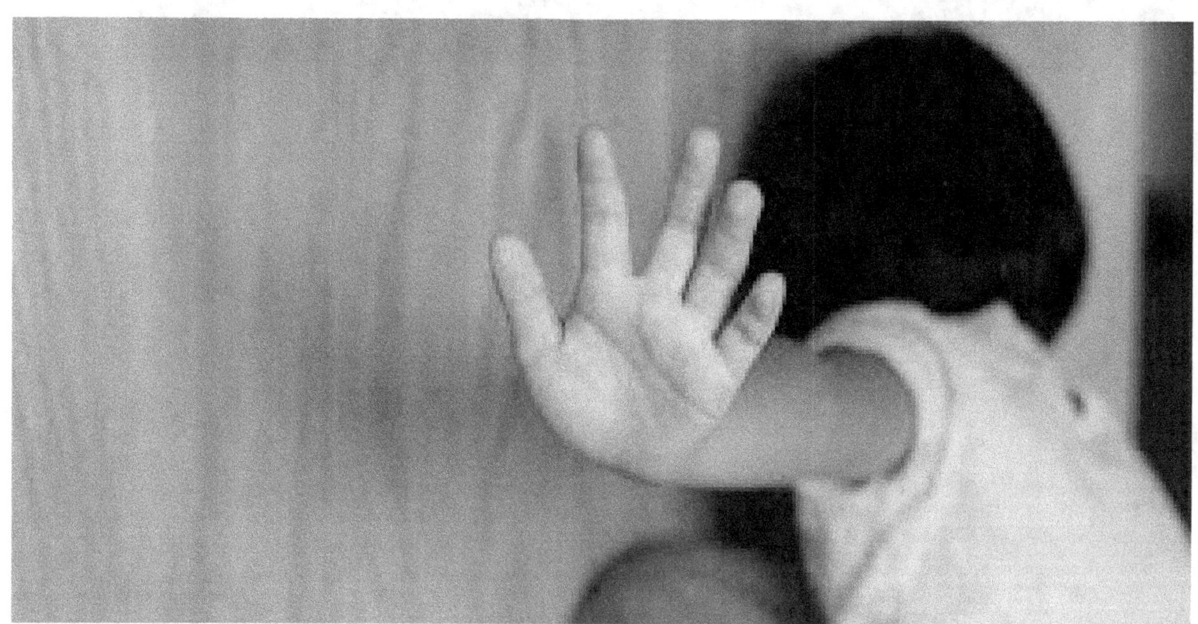

RARAMENTE AS CRIANÇAS VÃO CONTAR, FIQUEM ATENTOS!

PROTEJAM AS CRIANÇAS!

EM CASO DE SUSPEITA, DISQUE 100

NÃO SE OMITA!

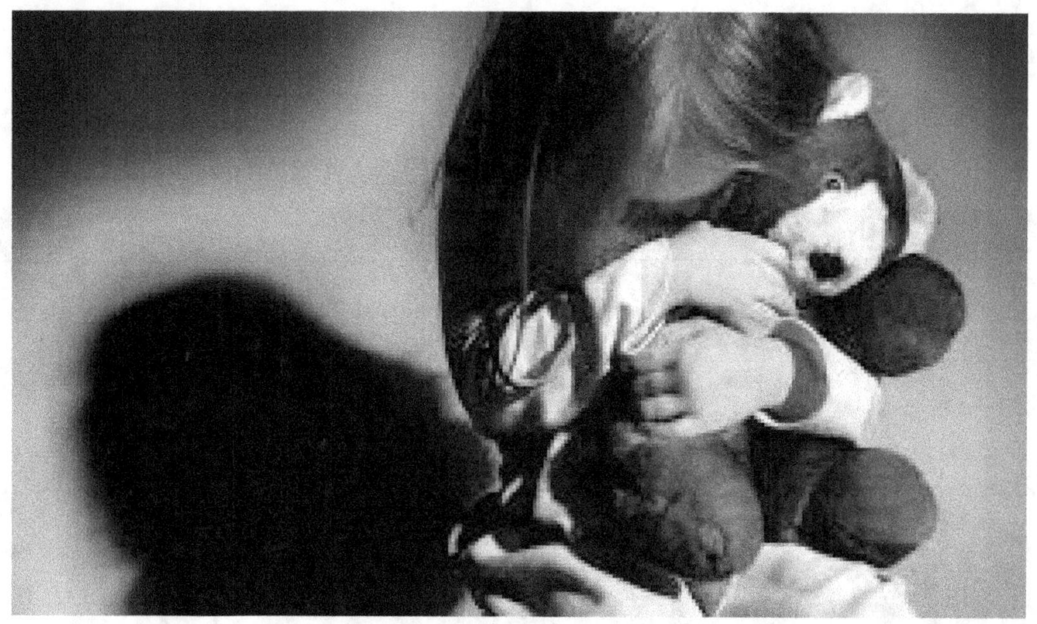

O JAMEL DO MEU DESTINO

Estou acordando. Espera! Meus olhos ainda estão embaçados e não posso ver direito. Devagar levanto e olho minha nova vida. A vida que escolhi acreditando ser necessária para minha evolução. Eu não estava errada. Devemos estar sempre em movimento se quisermos mudar algo, mudar nossa realidade, sermos autênticas... Ser uma mulher independente requer fibra moral e muita coragem. Eu estava decidida a não ser oprimida pela minha mãe, violentada moralmente pelos meus tios, tampouco ser a putinha estuprada da cidadezinha minúscula, que segundo seus moradores: "quer roubar o marido das outras". Que ridículo! Em pensar que sempre estive mais propícia a "roubar" a esposa dos outros. Se querem caluniar que caluniem direito. Uma cidadezinha patética, povoada por pessoas intelectualmente pobres e com vidinhas mesquinhas. Que luz de esperança surgiu em minha consciência quando decidi, aos 16 anos, ir embora daquele lugar, para qualquer lugar que fosse longe dali. Somente depois de quatro anos a partir dessa tomada de decisão pude enfim ir embora, para sempre.

Me chamo Carla. Mas nem sempre me chamei assim. Meu nome de batismo é Alessandra. Mudei de nome em 2003, ou melhor, para ser justa, mudaram o meu nome. Quando decidi morar em Ribeirão Preto não sabia que ali o mundo era cru e que minhas experiências trabalhistas anteriores, minha inteligência tão admirada pelos que me conheceram, ali não adiantava. Quando me olhava viam uma menina moça bonita. E era a beleza que queriam. Beleza e pouca inteligência. Isso ficou muito claro depois de dois meses procurando emprego e já sem minhas economias fui "convidada" por um "gentil cavalheiro" a conhecer uma casa onde meninas como eu podiam ganhar, segundo ele, "muito dinheiro". Seu convite não me surpreendeu. Eu sentia como se tivesse indo para aquela cidade justamente para receber esse convite. Sempre fui atraída pela prostituição. Sempre admirei as putas. Para mim sempre pareceram fadas. Belas, misteriosas, sábias. O que uma puta não sabe sobre a vida? Em breve em descobriria.

Ao aceitar o convite do homem gentil e totalmente desconhecido, fui levada a uma casa, que mesmo depois de muitos anos e tê-la tão viva em minha memória, não consigo definir um adjetivo que a qualifique justamente. Era um mundo paralelo. Não é força de expressão! De fato, ao cruzar a porta daquela casa parecia entrar em outra realidade, no submundo, no crime, na ilegalidade, na subversão. Por fora era silenciosa, bonita, parecia totalmente inabitada. Só por dentro é que se podia descobrir seus truques. Uma sala vazia na entrada antecedia um corredor com três quartos e uma escada bem longa que leva a um salão. Era nesse salão que a mágica acontecia.

Foi ali que conheci o Bueno. Ele mudaria o rumo da minha história. Me deu um novo nome: de Alessandra passei a ser Carla, Carlinha. Tinha vinte e dois anos, mas ele decidiu que eu teria, a partir daquele dia, apenas dezoito. E assim foi. O ambiente me seduziu completamente, em minutos eu estava fascinada, embora com muito medo. Nos primeiros minutos que estava ali fui convidada por um homem, cliente muito antigo da casa, a ir para o quarto. Até aquele momento eu só tinha transado duas vezes na vida e com o mesmo rapaz. Não sabia muito como seduzir e agradar um homem na cama, mas a minha indiferença era tão profunda que me deitar com ele ou com qualquer outro não faria a menor diferença. Já tinha me decidido que qualquer um poderia ter meu corpo, mas nenhum homem teria jamais o meu amor. Posso dizer com segurança que jamais amei um homem em toda minha vida, embora já tenha me deitado, em dois anos, com muito mais homens do que capaz de me lembrar, ou contar.

Ao terminar meu programa com meu primeiro cliente, me reuni com as outras moças que trabalhavam ali. E já me sentia uma delas. Estavam eufóricas me esperando voltar do quarto para contar o que tinham acontecido. Eu fiquei surpresa com a curiosidade e envaidecida ao mesmo tempo. Me disseram que aquele homem com quem estive era "muito suspeito". Ia ali todos os dias, mas não ficava com nenhuma menina. Sempre quieto e solitário, até aquele momento. Queriam muito saber como ele tinha me tratado e se tinha alguma preferência estranha. Contei que nada demais aconteceu e que ele me tratou muito bem. Ficaram pensativas. Me apresentei e elas se apresentaram. Começamos a conversar e eu me senti pela primeira vez, parte de algum lugar. Eu estava ali não por acaso. Fui atraída, levada por uma força misteriosa que habitava em mim e me era desconhecida. Eu era uma puta em minhas entranhas. Eu me desconhecia desde sempre. Eu toda tremia de prazer e de identificação com aquelas meninas, com aquele lugar, com aqueles homens. No primeiro dia eu já me sentia como se tivesse sempre vivido ali.

Eu amei aquela casa e a casa me amou. Amei e fui amada pelas paredes, pelas minhas novas amigas, pelos homens, pelo meu cafetão. O dinheiro vinha fácil, o prazer sexual, a música, a bebida. O cheiro de perfume e cigarro que predominava no ambiente me embriagava. Eu vivia dia e noite como tomada de um feitiço. Tudo me era atraente. Eu que vivi uma infância solitária. Sendo igual a qualquer menina e diferente de todas ao mesmo tempo. Eu lia! Lia muito. Havia muitas e muitas vidas em mim. Muitas aventuras a serem vividas, muitas músicas para serem dançadas e muitas mulheres para serem amadas. Era esse meu diferencial naquela cidadezinha medíocre: eu era lésbica de nascença. E se ao longo da minha vida ser lésbica era a razão de minhas tristezas, exclusão, surras, assédio e solidão, ali era motivo de simpatia. As minhas colegas amaram ter entre elas uma puta lésbica. Tinham muita curiosidade a respeito, muito desejo e muito conhecimento sobre sexo, mas pouco sabiam sobre sexo entre mulheres. E elas não falavam sobre o assunto até aquele dia em que cheguei. Foi surreal, libertador. Eu deixei de ser a Alessandra para ser quem eu era de verdade. Eu era a Carla.

E como Carla comecei a aventura mais incrível da minha vida. É triste que haja tanta exploração, tanto preconceito, tanta violência, mas que prazer sentia. Quanta liberdade! Quanto dinheiro! Me lembro que a primeira vez que fui em um bar depois da minha iniciação ao submundo do sexo pedi ao garçom todos os drinks do cardápio. Queria experimentar todos. Pela primeira vez senti o sabor da liberdade que o dinheiro podia comprar. Tudo isso parece sedutor, mas quando olho para trás vejo quanta tristeza há nisso. O dinheiro chegava fácil, mas não ficava. Permitia comprar roupas, comidas, bebidas, mas não chegava a ser suficiente para uma viagem, uma casa, garantir o sustento da minha família. Eu tinha vergonha de usar aquele dinheiro para algo construtivo. Não queria ter algo duradouro comprado com aquele dinheiro e por isso eu vivia uma vida líquida. Desfrutando de prazeres simplórios, passageiros, sexo fútil, paixões superficiais, tudo muito efêmero, ilusório e muito, muito intenso.

A minha solidão ficou povoada. Os homens maniqueístas, instrumentais, distantes, inumanos. Nem uma gota de ternura pelo gênero masculino, nenhuma empatia, nada de sensibilidade, muito menos amor. Meu mundo era as mulheres, nossas confidências, as infinitas horas sentadas ao fundo de uma casa, encasteladas como princesas. Naquele espaço vivi alguns "romances" com algumas das meninas. Comecei com a Talita, que com o tempo se tornou uma excelente amiga. Depois veio a Mel, por quem chorei pateticamente de ciúmes. Em seguida veio a Amanda, que era uma moça muito doce e delicada. Beijei outras tantas, transei com outras mais. Protegi todas, ou tive a ilusão de proteger. Houve uma vez que me ausentei da casa por 1 ano e 4 meses e todas estavam em paz. Quando retornei, mais ou menos um mês depois tivemos uma batida policial. A mais horrível, intimidadora e ameaçadora de todos os tempos. Eu já tinha sido levada pela polícia quando estive na primeira casa de massagem e a experiência foi traumática. Eu não me reconhecia. Eu, uma mulher digníssima sendo levada por uma viatura. Claro que essa dignidade estava apenas na minha cabeça, para os policiais eu era apenas uma puta.

Na segunda vez foi mais perigoso porquê tentamos (e conseguimos) escapar. Recebemos um aviso de que haveria batida policial na casa e por isso fechamos mais cedo. A Amanda, a Taís, a Isabela e eu fomos passear no shopping e ficamos em um bar até umas 23h. Como passávamos a semana toda dormindo na casa, voltamos para lá e nos preparávamos para dormir. Eu já tinha tomado banho e estava nua, apenas enrolada por uma toalha. A Amanda estava no chuveiro e as outras duas se preparavam para serem as próximas a tomarem banho. Eu ouvi um barulho de carro que estacionou na frente da casa e logo bateram dizendo: "abram! Polícia!" O pânico tomou conta das minhas ações e corri para tirar a Amanda do banho e fechar as meninas que estavam no quarto dos fundos. Ficamos as quatro fechadas nesse quarto, mandei mensagem para o dono e por ele soube do que estava ocorrendo do lado de fora. Estávamos cercadas, havia a equipe da televisão filmando e esperando que os policiais invadissem. Eu morria de medo da invasão.

Nua, só de toalha, aparentemente eu era a mais forte do quarteto, pois as outras estavam muito assustadas. Os "patrãozinhos" como nós os chamavam pediram para não abrirmos de nenhuma maneira e que se eles invadissem era para não oferecermos resistência e não responder nenhuma pergunta até eles chegarem na delegacia. Mas era o terror de sermos "caçadas" que tornavam tudo apavorante. Nenhuma de nós éramos forçadas a estar ali. Éramos todas livres, respeitadas e arrisco dizer que até mesmo mimadas pelos nossos cafetões. Queríamos estar ali pela possibilidade de ganhar mais dinheiro do que ganharíamos em qualquer outro emprego formal que nossa escolaridade permitia. Não queríamos perder aquele espaço e lutamos para preservá-lo. Depois de algumas horas a polícia foi embora, mas não podíamos sair, pois ficou um policial a paisana cuidando da casa o resto da noite. Acredito que ele já estava ali quando voltamos do bar e nos viu, avisou a polícia e a tv. Se não invadiram foi porquê não tinham mandato e a invasão seria irregular. Às 5h da manhã fomos para a rodoviária e voltamos para nossas cidades de origem. Pela televisão foi possível acompanhar toda a operação policial que estavam fazendo aquela semana para fechar as casas de prostituição. Felizmente não nos pegaram e uma semana depois estávamos de volta a ativa, porém mais inseguras.

Toda minha vida de prostituta durou entre maio de 2004 a outubro de 2007. Tudo muito intenso e o sucesso obtido na primeira vez não foi possível reproduzir nas cidades do sul do país, por motivos variados, mas o principal é o cultural. Logo me aloquei no mercado de trabalho, meio que por instinto, naturalmente. Segui o fluxo, me movendo no ritmo do universo e tudo foi se ajustando. Passaram-se os anos e eu me tornei uma nova pessoa. Reinventada, distante e desconhecida daquela que todos chamavam carinhosamente de Carlinha. Daquele tempo ficou em mim um conhecimento que não podia ser compartilhado, sempre secreto, sempre silencioso.

UM DEPOIMENTO

Precisei de quase um ano para absorver a sua perfopalestra (se posso dizer que já absorvi, talvez ainda não), mas acredito que foi por bons motivos. O que te contarei aqui é sobre o impacto que sua performance teve sobre mim, minhas próprias experiências, vivências e crenças que alimentei ao longo da vida. Obviamente você é uma atriz extremamente talentosa. Pelas minhas experiências em estudos literários, te comparo à Clarice Lispector, ou seja, você está para o teatro como Clarice Lispector está para a literatura.

O que vocês têm em comum é uma força moral e toda interior de colocar as mãos nas vísceras de um determinado tema, daqueles mais dolorosos. Revolver essas vísceras, expô-las e esmagá-las com as próprias mãos, sem nojo, sem vergonha ou medo. É mostrar o humano nu, em seu íntimo, desmistificar seus segredos e dizer em alto e bom tom: "Ei mulher, você mesma, grite! Sinta a dor e grite mais alto! Grite até que todos te ouçam! Grite com toda a força dos seus pulmões! Grite por você, por suas mães, por suas filhas..." Como eu já lhe disse uma ou duas vezes, sua perfopalestra é mais que uma arte teatral, é uma experiência de vida.

Escolhi assistir à apresentação pelo título provocativo, mas não tinha nenhuma expectativa. Logo ao entrar na Caixa Preta o cenário já me envolveu em um misto de curiosidade, mistério e medo. Lembro que achei a moça loira, distante, bem vestida, sentada numa cadeira de pernas cruzadas e feições sérias, extremamente bonita e dramática. Desse momento em diante não pensei em mais nada. Fui completamente arrebatada pela performance. Não pensei em nada, não me chocou ou surpreendeu, apenas um vazio imenso se abria em meu íntimo. Foi como se a cada palavra sua eu fosse ficando mais oca, vazia e insensível. Perdi a noção do meu próprio corpo e só minha mente te acompanhava nas histórias, nas críticas, nas denúncias... eu era um fantasma ali.

Foi nos momentos finais que recuperei minha identidade e me dei conta do lugar e do espaço onde estava naquela terça-feira de agosto e todo o vazio que se abriu em mim naquela meia hora de apresentação se tornou fatalmente consciente. Fatalmente porquê algo em mim tinha morrido, ou talvez eu tenha renascido de meu próprio útero e me reconhecido mulher. Sim! Pode parecer estranho, mas ao sair dali eu ascendi um outro nível de compreensão sobre mim mesma e sobre meu corpo. Lembro que pensei: "Merda, sou uma mulher! Como nunca me dei conta disso antes?". Lembrei da tão famosa frase de Simone de Beauvoir "não se nasce mulher, torna-se mulher" e acho que até aquele momento eu ainda não tinha me tornado mulher.

Nasci menina, mas para meus pais isso não significava nada. Tanto fazia eu ser menina ou menino, minha liberdade nunca foi negada por questões de gênero. Ao me tornar adolescente e namorar uma amiga da escola, o rótulo "lésbica" foi tão agressivo, opressor e violento que me esqueci que para ser lésbica, era preciso ser mulher. A homossexualidade me envergonhava e me colocava em perigo na cidadezinha onde morava. Alguns homens queriam me ensinar "como ser uma mocinha", outro me agrediu fisicamente jogando garrafas de cerveja quando me neguei a beijá-lo, mas o mais doloroso foi quando ao lutar e conseguir fugir de uma tentativa de estrupo aos 16 anos, gritei para o agressor de longe: "vou contar para minha mãe" (eles eram amigos). O cara deu risada e disse que ele só fez aquilo a pedido da minha mãe. Obviamente não acreditei, mas ao contar para ela, minha mãe confirmou e disse com essas inesquecíveis palavras: "que eu precisava saber o quanto transar com um homem é bom antes de me decidir ser lésbica".

Bom, depois de tudo isso fui embora de casa, vivi as minhas próprias custas, tive namorados, descobri que não sou lésbica, apenas tenho uma sexualidade flexível, trabalhei muito, enfim... Uma vida cheia de percalços, mas minha dor íntima sempre esteve relacionada aos fatos que acabo de narrar, mas nunca ao fato de ser mulher. Nunca pensei que coisas ruins que me aconteciam eram por eu ser mulher. Muitos (as) que me conheceram na juventude se questionavam e me questionavam sobre minha solidão. Afinal uma moça de pouco mais de vinte anos que mora sozinha, longe da família, da cidade natal, sem namorado ou marido soava estranho (na época eu não estudava). Frequentemente suspeitavam que eu era secretamente prostituta, mesmo eu tendo trabalho fixo. Muitas vezes ouvi indiretas sobre isso, ou proibições de mães de amigas que alertavam suas filhas a não serem minhas amigas por eu ter uma vida duvidosa. Aquilo me ofendia, mas sempre, sempre eu atribuía ao fato de gostar de algumas meninas, às vezes.

Ao sair da sua perfopalestra precisei de um tempo. Andei até à biblioteca central da UFSC e fui num banheiro onde é menos movimentado e chorei não sei por quanto tempo. Chorei por mim menina, por mim adolescente, por mim adulta, pelas minhas irmãs, primas e amigas que sofrem diariamente essa violência muitas vezes emudecida. Eu passei mais de trinta anos acreditando ser anormal enquanto a verdade era o fato era eu SER MULHER! Eu não me casava, não tinha filhos! Eu realmente acreditava que eu, somente eu, era a responsável pelas dores sofridas ao longo de minha vida. Você pode achar ridículo, mas eu não sabia que os homens me olhavam, me julgavam e me violentavam com perguntas e acusações. Não sei responder o motivo que me leva a gostar de crianças, mas não querer ser mãe.

Eu realmente não sabia que se eu estivesse com um rapaz e decidisse não fazer sexo, eu poderia dizer não. Só depois da perfopalestra fui ler mais sobre feminismo, violência de gênero e descobri que fui estuprada mais de uma vez. Eu não sabia que ao transar com um cara e ele tirar o preservativo sem que eu percebesse e me engravidar era um atentado violento grave ao meu corpo. Eu realmente acreditava que merecia morrer na maca do hospital pelo médico (um homem) não acreditar que se tratava de aborto espontâneo e se recusar a me atender no plantão da madrugada. Eu sofri desde os 22 anos por ter abortado um feto que só descobri ser fruto de estupro 15 anos depois do ocorrido.

Embora hoje aos 38 anos esteja concluindo um mestrado, iniciando um doutorado, foi somente há dois anos que ascendi a consciência do que é ser mulher e do porquê demorei tanto para chegar até aqui. Passei anos me defendendo sozinha. Ao assistir sua apresentação, cada palavra e gesto falavam e atuavam dentro de mim. Você não me conhecia, mas eu interiorizei seu trabalho e sou muito grata por você ter cruzado o meu caminho. Foi providencial! Me sinto como uma das meninas santas cultuadas em Cariri e também um pouco como a Dilma. Atualmente, sem o frescor e a tentação que inspiram as adolescentes me sinto mais livre, mais segura, mais mulher. Porém a vulnerabilidade feminina já não me é estranha. É consciente e ser mulher é a minha força.

Graças a clareza que sua arte trouxe até mim decidi mudar o enfoque da minha pesquisa. Feminismo sim, feminismo sempre, mas quero falar com crianças. Quero contribuir pela educação empoderadora, libertadora e por isso "caí de amores" por Guerreiras Donzelas. Como eu disse, na sua primeira apresentação você revolveu as vísceras humana, sem nojo ao sangue nem sensibilidade aos gritos de dor. Você atuou e expôs a realidade crua, dura, fatal! E para as crianças você falou com a mais linda doçura, sensibilidade e poesia. Sua força, sensibilidade e inteligência faz de mim sua fã. E como desejo aprender mais contigo. Se houver qualquer coisa que eu possa fazer por ti, contribuir ou sei lá, tomar uma cerveja gelada num dia quente e conversar, quero que saiba que tens em mim uma amiga sempre leal, sempre grata e sempre aberta.

Muito obrigada por Bruxas Santas Loucas Velhas Meninas 'Belas Recatadas e do Lar'! Muito obrigada por Guerreiras Donzelas! Muito obrigada por me ler, me responder e me dar atenção mesmo sem me conhecer. Eu precisei ler sua dissertação, saber mais sobre seu gênio criativo, me inspirar... Sinto que com sua contribuição posso caminhar passos mais largos e espalhar essa chama de força e empoderamento há muitas outras mulheres e meninas que vivem em regiões onde ainda são oprimidas e também às aquelas que estão ao nosso lado e não sabem que sofrem ou porquê sofrem.

A BUSCA POR RESSIGNIFICAÇÃO DEPOIS DE UM ABUSO

Eu nunca senti uma paz tão profunda como senti quando terminei meu relacionamento, por incrível que pareça no fundo do meu coração eu sentia uma voz falando dentro de mim tudo o que iria acontecer, aquela voz me dizia assim:

-Luiza, você precisa me adorar, eu tenho um plano lindo para você!

Aquela voz repetia várias e várias vezes dentro de mim. Ao frequentar os cultos com meu namorado, eu sentia que precisava ser liberta, que algo queria inundar o meu corpo, lembro que quando peguei a Bíblia pela primeira vez, foi porque através de um sonho eu a via apertada e quando acordei tive curiosidade. Eu não entendia muitas coisas, mas sentia que muita coisa iria mudar, e quando eu terminei, fiquei triste sim, mas não tão preocupada em saber se iria ou não mais na igreja, eu tinha medo de parar, pois o que estava acontecendo comigo era impressionante, inimaginável e eu queria continuar.

Terminei meu relacionamento no sábado, e no domingo eu estava na igreja com minha irmã e minha sobrinha. Naquele culto de domingo o pastor disse que iria começar a pegar os nomes para o batismo, eu sentia que precisava daquilo, eu sentia que ali era meu lugar, eu sentia meu coração pulsar e sabia que aquela iria ser a melhor decisão, foi então que eu, em meu coração decidi que queria aquilo para mim.

Terminando o culto, fui para casa e disse a minha mãe:

- Mãe eu queria me batizar!

Mamãe olhou para mim e com sabedoria disse:

- Luiza! Pensa bem, isso é uma decisão completamente séria, e outra, você foi batizada quando criança.

Mamãe pensava que queria me batizar por causa do Ruam, mas na verdade não era por causa dele, ela por diversas vezes ficou brava comigo achando que iria me batizar e depois sair da igreja, minha família não concordava muito, mas eu sabia que não era por ele nem para ele, o que eu sentia não tinha nada a ver com ele, mas comigo, com aquilo que eu sentia, e com aquilo que queria viver.

Passando um mês, eu cheguei em mamãe numa quinta-feira e disse:

- Mamãe, quando eu for me batizar, eu simplesmente não vou falar pra ninguém, eu simplesmente vou chegar no pastor e dizer que quero dar o meu nome!

Mamãe olhou bem para mim, e disse simplesmente:

- Tudo bem!

Horas depois estava no culto, algo pulsou em meu peito e fui eu falar com meu pastor e dizer que queria me batizar, ele anotou o meu nome e disse que quando fosse começar os estudos me avisaria, e a partir daquele dia, tudo virou de ponta cabeça.

Eu estava vivendo momentos únicos com Deus, eu via o louvor e sentia vontade de fazer o que eles faziam, via minha professora de E.B.D e sentia vontade de ensinar como ela, queria cuidar das crianças, pois como tinha muito amor, sentia vontade de passar amor para elas, mas o que pulsava em meu coração era a pregação, eu olhava o pastor ministrar e queria eu está fazendo aquilo, via os ex-depentendes químicos e queria dar meu testemunho. Eu via alguém chorando e queria ir consolar e fazer visita, queria ficar vinte e quatro horas na igreja, queria que minha família estivesse lá comigo sentindo o que eu sentia, mas naquele tempo minha irmã frequentava poucas vezes e minha sobrinha já na ia mais, e minha mãe não mostrava interesse. Era somente eu e Deus ali, e meus sentimentos alguns de tristeza e outros, de humilhação, e o mais forte era o de rejeição.

Minha maior provação até hoje sempre foi sentimental, mas naquela época era muito "pior". Eu tinha um relacionamento com meu pai que eu tinha vergonha, não dele mas daquilo que sentia em relação a ele, por alguns anos, eu levantava da cama e já rezava pedindo a Deus que eu não visse o rosto dele, tenho vergonha desses sentimentos hoje, mas era o que eu sentia, e o Espirito Santo de Deus, me mostrava que eu precisava liberar perdão pelo meu pai.

Um dia cheguei do culto e o Espírito Santo me disse:

- Vá até o quarto do seu pai, e dê um beijo, e fala que você o ama.

Eu confesso que TENTEI relutar, mas não consegui e fiz aquilo que pulsava em eu peito.

E todos os dias, eu comecei a mudar, falava que amava meu pai, brincava com meu pai, e quando eu vi, eu já estava liberando perdão a ele, e tudo estava mudando, eu tinha tirado do meu quarto todos os santos que eu tinha, não porque alguém me falou alguma coisa, mas porque Deus tocou em meu coração e quando chegou o dia do meu batismo dia 24 de Julho de 2012, eu estava em paz. Minha mãe foi no meu batismo e eu nunca irei conseguir explicar o que eu senti naquele dia.

Quando me batizei, eu ainda tinha marcas dos cortes que eu fazia, e elas eram bem escura, eu achava que elas não iria sumir, passado uns três dias, após o meu batismo eu percebi que, aquelas manchas estavam claras e parecia que eu nunca tinha me cortado, ficou apenas um risco branquinho que olhando hoje precisa fazer um pouco de força para enxergar, mas se olhar para meu braço você não iria acreditar que um dia eu cortei.

A minha fé foi restaurando, Deus me transformou no pilar da minha casa, quando cometia algum pecado o Senhor me mostrava que aquilo era errado e me ensina o certo. Deus em sonhos falava e fala comigo até hoje, passei por inúmeras tristezas, vi inúmeras pessoas se afastar dos caminhos de Deus, mas todas as vezes que eu tentava me afastar por alguma decepção Deus afastava as pessoas que me afastava d'Ele. Meu coração foi se transformando, tive minhas recaídas, mas nunca mais voltei a me cortar, o Senhor em todo tempo estava ali comigo me carregando em seus braços e eu pude perceber, que essa graça incomparável e esse amor inexplicável era algo que eu nunca havia sentido.

JAMEL NA LITERATURA BRASILEIRA

O conto "Os desastres de Sofia" encontra-se no livro *A legião Estrangeira* de Clarice Lispector, que é também o título de um dos contos que compõe o livro. A escolha por esse título já dá uma idéia do que o livro abarca. Esses contos são constituídos de monólogo interior, característica muito presente na obra clariceana e que retrata a infinidade de sentimentos desconhecidos que cada personagem traz dentro de si. Cada um desses personagens enfrenta a "legião estrangeira", o desconhecido, os medos e as angústias mais íntimas. O conto analisado trata de uma menina de nove anos que, em seus devaneios infantis, encanta-se com o seu professor e consequentemente enfrenta a si mesma diante do olhar do homem que admira.

Seu encantamento pelo professor se dá exclusivamente por suas características psicológicas e por inspirar na menina um sentimento de mistério, de fragilidade. Essa suposta fragilidade do professor imaginada pela menina é o que desencadeia em seu íntimo feminino, o sentimento maternal de proteção que inocentemente ela confundia com paixão. Essa afinidade com o maternal é mais uma forte característica que permeia os contos de Clarice.

Em uma mistura de sensações, confusões e enganos, Sofia age como criança mal comportada a fim de chamar a atenção do professor. Suas tentativas são frustradas e ela sente um misto de dor e prazer em provocá-lo, exasperá-lo. Sente – se uma sedutora em seu jogo, porém permanecia o desejo de proteger aquele adulto que a seus olhos parecia tão inocente. O homem (personagem do professor) existe pelo olhar da menina, o modo como ela o vê faz dele um ser único.

Um dia despretensiosamente, escreve um conto que sensibiliza profundamente o professor e o faz olhá-la novamente com mais atenção. É nesse jogo de olhares que reside uma das complexidades do conto e de Clarice Lispector. Consiste no fato de que os olhares dos outros nos servem como espelhos, nos fazem sentir que existimos e somos capazes de olharmos o outro que nos olha ao mesmo tempo e sentir nele a vida.

Sofia e o professor sofrem entre si uma crise de identidade por esse confronto onde ambos medem suas forças: a autoridade do homem adulto e a insistência da menina. Sofia embora seja uma criança, já possui em si muitas características de uma mulher adulta em seu âmbito mais profundo, como por exemplo, a "crueldade" com a qual submete seu professor. Seu jogo de sedução aparece como algo inato, assim como sua perspicácia em observar as reações que provoca. Porém ambos os sentimentos estão imaturos e as atitudes da personagem aparecem como "experiências". A menina experimenta as emoções e dores sentimentais com o professor.

Esse artigo é também uma busca pela expressão literária do amor, pelo sentimento oculto, pelos segredos femininos e a condição "indefesa" do homem em relação à mulher. Também questiona a construção da natureza feminina muito presente nesse conto e a maneira como uma mulher se desenvolve mediante as adversidades afetivas que encontra em seu processo de amadurecimento.

Embora à primeira vista as confusões da menina Sofia possam parecer totalmente naturais para sua idade, busca-se uma reflexão mais aprofundada, pois o que parece óbvio e simples nem sempre o é. A maneira que uma mulher em sua infância lida com suas emoções fortes e contraditórias, poderá marcar sua personalidade e selar seu destino. Em Clarice Lispector há uma afirmação muito forte na importância do amor como tema literário e de como ele define a vida dos seus personagens. Ao amor ninguém é indiferente, assim como não se é indiferente à morte e de nenhum deles se pode fugir.

Assim, uma feminilidade delicada e ao mesmo tempo dolorida aparece nas obras de Clarice Lispector como um recurso literário que sensibiliza e defende a liberdade das mulheres que vão além de igualdade de gênero. Homens e mulheres possuem grandes diferenças e características singulares, não são iguais e jamais foram e Lispector circula em seus contos por esses dois universos. É como Sofia e o professor, seres humanos marcados por uma distância intelectual e psicológica onde os personagens precisam um do outro para existir, porém são totalmente distintos e complexos.

Sofia em suas reflexões divaga lentamente por questões que envolvem seu próprio desenvolvimento, questões filosóficas e angústias compreensíveis a qualquer mulher. Clarice Lispector recorrendo a essas reflexões evidencia o feminino como uma essência, como força vital, que não é possível atingir com palavras. A liberdade de pensamento permite buscar respostas, porém essa mesma liberdade impede de chegar a uma certeza. Como a própria Clarice diz em uma passagem de seu conto: "Meu enleio é feito de tantos fios que não posso me resignar seguir um fio só". (LISPECTOR ,1999, p. 12)

Os contos de clariceanos são dotados de signos que possuem significados característicos às obras da autora e também de metáforas. Para ter uma boa compreensão o leitor deve estar aberto a uma experiência intelectual que o permita compreender as entrelinhas. Um exemplo desses signos que expressam sentimentos incompreensíveis é o momento em que

Sofia encontra-se com o olhar do professor: "Eu nunca tinha visto seus olhos que, com as inúmeras pestanas, pareciam duas baratas doces." (LISPECTOR, 1999, p. 19). Aqui há esse contato da experiência doce e angustiada de ser olhada ao mesmo tempo em que demonstra a condição perecível e frágil do ser humano que olha.

Segundo Adriano Martendal em sua dissertação de mestrado em Literatura, um dos signos mais perturbadores das obras de Lispector é a barata. A barata em Clarice Lispector significa a ânsia por compreensão. A barata desconhece seu próprio caminho, não possui destreza e é no subterrâneo em que está segura. Esse subterrâneo esconde os sentimentos assim como pode fazê-los emergir. (2005, p. 123) Entre o medo e a dúvida, a menina ousa crescer diante do olhar incerto, intenso daquele que a olha como se fosse a primeira vez.

O despertar da feminilidade em Clarice Lispector dá-se em um recurso estilístico dotado de muitos simbolismos como esse que foi exemplificado. Esses simbolismos constroem o sentido de sua obra e exigem dos leitores estudo e sensibilidade para atingir a compreensão de suas palavras. Sobre a questão do sentido Martendal afirma: "Assim avançamos um pouco nessa discussão ao pensar a produção de sentido como um processo que pode prescindir de palavras, uma vez que o dizer está imbricado ao não-dizer." (2005, p. 126)

Mergulhar na trajetória crítica de Lispector não é simples e exige muitos meses de pesquisa. Essa trajetória envolve uma viagem pelo universo literário e exige do pesquisador certo conhecimento de filosofia e história para que essa pesquisa seja mais precisa. Maria José Ribeiro afirma que: "A obra de Lispector aponta para a limitação da própria linguagem, explicitando a impossibilidade de se captar a realidade. A linguagem fracassa tentando alcançar o indizível, o instante sempre fugidio, [...]". (2006, p. 28)

No conto analisado, esse instante se dá no momento em que Sofia encontra-se sozinha pela primeira vez com o professor na sala de aula: "Era a primeira vez que estávamos frente a frente, por nossa conta. Ele me olhava. Meus passos, de vagarosos, quase cessaram." Esse é um momento de tensão no conto onde a menina se sente desprotegida e vulnerável, porém sua força feminina prevalece e ela sustenta o olhar que lhe é dirigido: "Ele me olhava. O olhar era uma pata macia e pesada sobre mim". [...] "Apenas isso: sem uma expressão no olhar, ele me olhava". (LISPECTOR, 1999, p. 18).

Como captar o instante que foge nas obras de Clarice Lispector? "Lispector quer alcançar algo que oscila entre a grandiosidade e a insignificância, no trato com a palavra". (RIBEIRO, 2005, p. 29). A palavra para Lispector, não é suficiente para atingir ou concretizar o instante que lhe foge. A palavra é pouco e ela se empenha nessa busca pelo indizível com o único recurso que possui e que lhe parece insuficiente. Clarice quer ultrapassar a palavra e impregnar sua obra com o sentido que os símbolos trazem.

Clarice busca com palavras ultrapassar a linguagem e estabelecer um nível mais elevado de comunicação. Essa comunicação tem o objetivo de estabelecer um vínculo entre o *eu* e o *outro*. A linguagem representa a impossibilidade de representar o individual de forma plena, pois o pleno escapa, é efêmero. (PEREIRA, 2000, p. 45).

As personagens de Lispector têm características muito comuns entre si, como o fato de serem muito intensas. O fator mais comum na personalidade dessas personagens e que está presente em toda sua obra são as características femininas atribuídas as protagonistas dos contos. Mas não se deve equivocar propagando a crença que esse feminino é um fator autobiográfico, pois a abordagem feminista presente em suas obras constitui uma problematização social dada de uma cuidadosa observação das mulheres de seu tempo. (RIBEIRO, 2005, p. 47). Embora Lispector coloque no centro de seus contos a mulher, as personagens circulam num espaço que envolve o tanto o masculino quanto o feminino.

> A autora aborda também a questão do domínio masculino em suas formas mais sutis e persistentes. São as formas que sobrevivem nos novos modelos de família, marcada pleno declínio da autoridade paterna e pelo surgimento de novos papéis sociais. (RIBEIRO, 2005, p. 48).

A abordagem do feminino em Lispector é marcada pela originalidade e representa as várias violências contra as mulheres presentes no cotidiano, não apenas física, mas, sobretudo a psicológica. Ela revela através da linguagem toda a intensidade, duplicidade e ambivalência do desejo feminino. (RIBEIRO, 2005, p. 48). Clarice escreve como mulher, seu estilo é feminino. Ela escreve com igual naturalidade o universo dos homens e mulheres com conhecimento da alma de ambos os sexos. Faz parecer que o ato da escrita é algo extremamente feminino, pois para ela escrever era sinônimo de viver, como afirmou em sua última entrevista em 1977. (POLI, 2009, p. 441).

O conto analisado nesse artigo engloba algumas das características apresentadas que fazem parte das obras de Lispector e através dele pretendo abordar questões particulares como, por exemplo, uma leitura com o olhar para o feminino em Clarice. Refletir a questão feminilidade infantil como processo de amadurecimento e como motivação para a reflexão literária. Entender o porquê o título trata as aventuras de Sofia como desastre. Que componentes apresentam o fascínio pelo desconhecido, a crueldade feminina, o desenvolvimento da mulher e a busca por sua essência.

É possível através de um conto ter uma visão muito ampla do que reflete esse despertar da feminilidade na literatura clariceana, pois não há como desvincular completamente o autor da história que cria. Entre Clarice Lispector e Sofia existe uma intimidade que comove e inspira solidariedade partindo do princípio de que ler suas obras é também um ato feminino. Cada palavra está impregnada de sentimento, assim como as emoções e reflexões que os contos inspiram.

Em *Menino de Engenho* de José Lins do Rêgo, possui como narrador e personagem principal Carlinhos, que em sua idade adulta narra aos leitores um pouco de sua história, que começa no Recife e passa pelos engenhos nordestinos. As rotinas dos engenhos possuem costumes e tradições diferentes das cidades e as experiências do menino vão muito além daquelas consideradas "apropriadas" para uma criança. Em sua infância vive várias situações incomuns como, por exemplo, estar em casa quando o pai assassina a mãe com um tiro e aos doze anos perder a virgindade com uma negra e pegar uma doença chamada pelos moradores do engenho de "doença de homem". É um livro que tem como cenário histórico a pós-escravidão, mas onde ainda se mantém por parte dos "ex-escravos" uma relação de confiança e respeito em troca de comida, casa e proteção. (REGO, 1926) A narração vai além das experiências eróticas do menino personagem. Narra também às experiências familiares, com os empregados, agregados, com os negros e também narra o seu primeiro amor. O livro termina quando o menino começa ir ao colégio e já não é considerado mais uma criança devido a sua vivência.

> Eu não sabia nada. Levava para o colégio um corpo sacudido pelas paixões do homem feito e uma alma mais velha do que meu corpo. Aquele Sérgio, de Raul Pompéia, entrava no internato de cabelos grandes e com uma alma de anjo cheirando a virgindade. Eu não: era sabendo de tudo, era adiantado nos anos, que ia atravessar as portas do meu colégio.
> Menino perdido, menino de engenho. (REGO, 2001, p. 149).

Nesses livros, a perspectiva de infância se torna muito diferente da visão romântica que entende a criança como seres inocentes e passivos, há uma ruptura desse conceito atribuindo aos personagens infantis o papel de sujeitos ativos, transgressores, capazes de lidarem com seus próprios conflitos. De acordo com Rosilene de Fátima Koscianski da Silveira, mestranda em Educação na Universidade do Extremo Sul Catarinense, a sexualidade infantil...

> ...é um tema que aparece na literatura carregando a discussão da construção (social e psicológica) dos papéis masculino e feminino. A forma como a criança se projeta no contexto estabelecendo os papéis de gênero demonstra que estes estão baseados em valores previamente estabelecidos dentro de uma determinada cultura. Mas há uma ressalva, a criança não absorve passivamente a herança cultural; ela testa as verdades, transgride as regras buscando estabelecer a própria identidade. (SILVEIRA, 2011)

O diferencial entre os dois autores mencionados e Clarice Lispector é que ambos falam do despertar sexual através das narrações de experiências de meninos enquanto Lispector trás as narrações de uma menina. As seduções que permeiam a personalidade da personagem rompem também com os papéis de gênero impostos pela sociedade e traz a problemática que desconstrói além da infância na literatura, o mito da castidade feminina. A personagem Sofia propaga um comportamento ousado, uma liberdade e autonomia que provoca uma imagem de menina má educada e transgressora dos costumes onde boas meninas devem sempre se portar bem. "Toda molhada de suor, vermelha de uma felicidade irrepressível que se fosse em casa me valeria uns tapas," (LISPECTOR, 1999, p. 18)

O FASCÍNIO DO AGRESSOR SOBRE A CRIANÇA: PERSPECTIVA LITERÁRIA

Existir no olhar do outro. Somos quem o outro vê? Vimos quem o outro é? Quem se vê é a pessoa real ou uma projeção de nós mesmos?

No conto, o olhar da personagem menina para o professor começa em uma descrição das características físicas, mas à percepção de uma criança. Lentamente a narradora vai deslizando para uma análise mais profunda dessas características e como essa aparência a faz sentir: "me comoviam seus gordos ombros contraídos e seu paletozinho apertado..." (LISPECTOR, 1999, p. 14).

Sartre (1997) faz uma reflexão sobre a questão do corpo como uma "coisa" dotada de leis próprias e possível de ser compreendido pelo lado de fora, enquanto que a consciência é alcançada por um tipo de intuição íntima. (p. 385) A narração percorre sobre as impressões que esse corpo gordo, ombros contraídos e vestes apertadas provocam na aluna que não conhece nada além do professor em sala de aula. Sua aparência o rotula e leva à personagem menina intuir sobre algo mais íntimo daquela personalidade idealizada e inalcançável. O desejo por atingir a interioridade daquele corpo que por suas imperfeições a enternece, a leva aos jogos sedutores que são na verdade um duelo de egos. Sobretudo essa alusão ao corpo do professor e a descrição que faz de sua própria aparência, cria uma relação com o ser psicológico de ambos, ou seja, alcançar a consciência do Outro através de intuição.

Todos os recursos para chamar a atenção do personagem professor são frustradas, exceto os jogos de olhares. Esse jogo de olhares é o que "remete por essência a uma captação fundamental do outro" (SARTRE, 1997, p. 326). A menina personagem faz uso desse recurso para apreender a atenção do professor para si e ao mesmo tempo provoca-lo para seu próprio deleite egocêntrico sem que pudesse ser acusada de algo indigno. Todas as tentativas para atrair a atenção para si são baseadas em jogos infantis exceto a provocação com o olhar:

> É que na falta de jeito de amá-lo e no gosto de persegui-lo, eu também eu o acossava com olhar: a tudo o que ele dizia eu respondia com um simples olhar direto, do qual ninguém em sã consciência poderia me acusar. Era um olhar que eu tornava bem límpido e angélico, muito aberto, como o da candidez olhando o crime. (LISPECTOR, 1999, p. 16).

É nesse momento que a artimanha feminina aparece e revela uma sutil perversidade na personalidade da menina afastando a visão de uma criança para aproxima-la a uma mulher. Às vezes se olha para ver, mas nesse momento a personagem olha para mostrar. É um jogo de poder subliminar e extremamente sensual ainda que não haja essa intenção explícita.

A maneira como o professor se revela à menina parte de manifestações perceptíveis a ela e muito contrárias a sua conduta de pessoa consciente de seu poder. Enquanto ela se o desafia com olhar, ele esconde o seu, revelando certa fragilidade. A menina "vence" nesse jogo onde ela é a tirana que inferioriza sua vítima: "sem saber que obedecia a uma das coisas que mais acontecem no mundo, eu estava sendo a prostituta e ele o santo." (LISPECTOR, 1999, p. 12).

A fragilidade revelada nesse jogo pelo professor coloca a menina em uma situação de ser dominante que desestabiliza a ordem natural, onde o adulto é o modelo para a criança, mas nunca o contrário. Descobrindo-se mais forte do que o adulto, a criança sente-se desamparada e aterrorizada num mundo sem regras e sem certezas. "Irritava-me que ele obrigasse uma porcaria de criança a compreender um adulto." (LISPECTOR, 1999, p. 16).

A fascinação que o professor exerce desmorona ao mesmo tempo em que intensifica o sentimento de desamparo da menina quando eles conversam sobre a composição. A narração centra-se unicamente na metamorfose que o professor sofre diante do olhar da criança e que desconstrói toda a idealização que essa fomentou acerca dos adultos e de suas responsabilidades. Já não é um homem e uma menina, mas algo perecível e abjeto.

Toda essa metamorfose sofrida pelo professor passa pelo crivo do olhar da menina. Mas não só ela diante o Outro, e sim, o Outro que olha para ela ao mesmo tempo causando um confronto entre dois seres tão diferentes e distantes, porém unidos pela metáfora do tesouro revelado. Como disse Nietzsche (1977) "Quem deve enfrentar monstros deve permanecer atento para não se tornar também um monstro. Se olhares demasiado tempo dentro de um abismo, o abismo acabará por olhar dentro de ti." (p. 89). E são as consequências desse olhar profundo para o abismo que a personagem enfrenta perante o seu duplo. Criança x adulto, mulher x homem, aluna x professor.

Em vários momentos do conto de Clarice Lispector (1999) esse confronto de olhares vai levando o leitor para o processo de metamorfose sofrido pelo personagem professor e permite uma visualização que vai além do corpo até então descrito pela menina. Revela a consciência íntima, aquela que está submersa em um corpo gordo e cheio de limitações apertadas em um paletó curto:

"E bem devagar vi o professor todo inteiro. Bem devagar vi que o professor era muito grande e muito feio..." (p. 19). "Eu era uma menina muito curiosa e, para minha palidez, eu vi." "Vi tão fundo como numa boca." "Vi uma coisa se fazendo na sua cara." "O que vi, vi tão de perto que não sei o que vi." "Eu vi dentro de um olho." "Eu vi um homem com entranhas sorrindo." (p. 22). Ela viu as vísceras de outro ser humano, o âmago da mortalidade que reduz todo vivente a seres efêmeros, orgânicos e perecíveis.

Fim

Como tudo começou... e terminou!